PINK FLOYD

OMPANY
ONLY FOR U
SLAWA SZYMBORSKA
1996

貢丸湯 30
肝連湯 50
粉腸湯 45
肉羹湯 45
燙青菜 30
米台目 45
切仔麵 55
米粉 40

我的第一任

自序

當年（二〇〇九）在開始要寫這本書的時候，正是某部災難電影「2012」，在媒體上大肆宣傳的時期。也因此，在那段時間裡面，媒體都不停地在探討有關預言、密碼等關於人類史上的奧祕。

我常想，研究的範圍小一點點，也許更能夠讓一般人覺得，研究的意義何在。與其研究生命的密碼，何不更縮小範圍地來討論愛情的真理。

有些人終其一生，還是無法了解生命的意義，只不過對於很多女性來說，如果終其一生可以窺探到愛情的全貌，可能人生的意義也隨之實現了。

冥冥之中有規則，有安排，其實這不是我想要闡述的真理。我並不想認為有人在暗地裡安排好了這一切，因此所有的事情只要跟著每天去變化就行。我認為冥冥之中可能是有人在幫忙安排，但是不管是愛情，或是人生，都還是需要每一個人自己去創造，才有機會成就好的結果。

這本書就是從我這個小小的念頭開始萌生，也開始動筆。

又，因為之前寫過好多愛情故事，每一個故事基本上都是峰迴路轉，變化多端，我自己原則上相信一定有更奇特的愛情故事，只不過我也認為，更多人的愛情故事的轉折，沒有愛情小說如此多變，因此我一直想要寫一個關於一般人，一般女生比較容易碰觸到的愛情。

一個絕對有可能發生在你我之間的愛情情節……

以上，是我在十年前寫《時間。差》這本書時，替自己的作品寫下的自序。隔了十年，這本書再版了，中間真的經歷了不可思議的陰錯陽差，包括「它」被電影公司買下版權，包括電影公司提拔我嘗試編劇以及導演的工作，包括在這十年內，我因為人生的跌宕，不但進出精神病院，更進化成了一個完全不同於十年前的我。這本書在這次出版時改成了《我的第一任》這個書名，自然是配合電影的名稱，但實際內容，跟原版是沒有差別的。然而對我來說，這歷經十年時間差的再版，卻是我的一個里程碑，也或許可以說是一種「重生」。

我特別感謝一路以來嘴上罵我不停但行動上卻挺我到底的Ellen姐，還有為了這部電影搞到焦頭爛額的寬姐，以及我最敬重的製片人Heman，還有華語歌壇最有才氣的作詞人李焯雄先生，最給力的我的執行導演也是我最愛的學弟，黃常祚導演，還有為了這部電影兩肋插刀，苦往心裡吞的第一女主角，郭采潔小姐！那段拍攝的歷程，我相信我們有生之年都不會忘記！（整個劇組人員我都念念不忘，只希望有機會可以與大家再度相聚，合作）

為了紀念這麼特別的作品誕生，這次可以和時報在如此短的時間內火速再版我們的電影新書，心裡只有感激兩字，就希望不管是新朋友或是舊朋友，可以在閱讀完小說後，再進戲院瞧瞧與妳想像中的世界有無差異，又或者顛倒著順序享用，也是一種樂趣。不管是場景，人物，或者是劇情上的改寫，都希望可以讓大家感受到兩倍的快感!!

書裡面也蒐集了不少珍貴的劇照，希望大家會喜歡!!

第一話　通靈小孩

故事，通常都得從很早以前開始說起。

每當我把住在基隆的這段童年說出來給現在同事聽的時候，總是不太會有人相信。一來當然是因為我身處的居住環境和他們所認知的「門前有小河，後山坡上面野花多……」有相當大的落差之外，二來就是我小時候在上小學以前的通靈體質，足以說出一大堆同事們不能認同的經過。

搬去基隆那一年，我剛讀完了幼稚園，正是要準備進小學的時候。爸媽為了那個費盡心思才取得的，在基隆火車站附近的黃金攤位，只好犧牲掉我在台北的童年好友，舉家遷移來到漁港基隆。

因為搬得匆忙，也沒什麼多餘時間尋找房子，因此我們是直接住進了外婆的老房子裡面，據說那是日據時代所遺留下來的老舊建築物。

雖然勉強可以稱它是獨棟的房子，但是這房子也不過就只有兩層樓，況且樓上的空間不大，傾斜的屋頂更減少了許多可以活動的空間，只要上到二樓，大人們就得要低下身子，去屈就那不到一百五十公分高度的狹窄空間。

而我，就住在二樓。畢竟小朋友所需的活動空間小。晚上睡覺的時候，我抬起腿甚至都可以碰觸得到上面的天花板。

其實房子本身不是算太奇特，勉強要說有什麼比較不同的地方，我會說是一樓的廁所裡面，並沒有抽水馬桶的設備，也就是舊式的茅房，每個禮拜一次，會有所謂的挑糞的「挑伕」，用扁擔挑著兩個桶子，到我們家後面廁所，一瓢一瓢地將一個禮拜積下來的糞便量，倒進桶子裡，然後再提走。

只不過，這到底是人為的工作，試想兩桶滿滿的糞便，挑起來走動的時候，難保不會溢出來。因此只要是挑糞日那一天，我們全家就都會很早起床，不是為了要迎接挑伕的來到，而是因為那不小心溢出來，遺留在從客廳到茅房的這一小段路上的「黃金」，味道實在是太臭了。

小時候的我剛搬過去沒多久，就非常有名。原因無他，因為家裡做的行業。爸媽當然是每天去工作，一大早老爸就得要到市場去補貨，海鮮生蔬菜等缺一不可，只為了要應付每天中午一擁而上的饕客，而母親也是大約六點半左右就得要到攤子那邊，開始準備這一天的生意，對他們來說，中午的一餐，就是決定性的關鍵，就是每一天生意好壞的決勝點。

有名的原因，就在於父親煮的料理，在基隆這一帶的攤販當中，可以說是無人不知，無人不曉，只不過我當時小，我雖然大腦裡面記得父親料理的味道，是有多麼獨特的風味，但是要我用文字形容出來，我卻是一道菜名，或是一個形容詞我都說不出口。

總之，就是好吃。

而小時候的我，也沒有閒著。

要說起來，這可能也是爸媽要搬回來基隆的原因之一，只因為我在五歲那年，曾經看過了特別的事情。

也就是，我看得到神鬼之類的東西。

嚴格說起來，並不是一定看得到，我只能說，我感應得到，因為曾經有一次我在台北回家搭電梯的時候，我站在爸媽的身邊，媽媽按了三樓的按鈕之後，我卻在一旁，不停地跳著，試圖要按到別的樓層的按鈕。

「心恬，不可以這樣跳，一個女孩子人家，怎麼可以這樣不文靜呢？」媽媽說。

五歲的我，似乎沒有很聽話，就算媽媽講了這樣的話，我還是不停地往上跳，好像是不按到按鈕我不會甘心。

「心恬，妳要按幾樓，我們到三樓就好了呀……」這時候爸爸像是看出了我的企圖，伸出了手指，打算幫我完成我的願望。

「八樓……」我說。

父親看著我微笑了一下，舉起手幫我按了按鈕，還是不忘機會教育我一番。

「去八樓做什麼？我們都只要去三樓呀，現在是旁邊沒有人，可以這樣跳，以後旁邊有人的話，妳就要乖乖的唷……」父親摸了摸我的頭。

「我知道我們要去三樓呀，可是這位伯伯他要去八樓呀……」我用著五歲的聲音說著流利的國語時，手指還比了比電梯內側的角落處，這時候爸爸和媽媽兩人同時回過頭，看了一下我手指比的方向，兩個人再也不說話。

我當時不了解爸媽不和那位伯伯打招呼的原因為何，心裡想，有可能是那位伯伯的臉色，看起來太難看了吧。

就這樣一路搭電梯坐到了三樓，當電梯的門一開，媽媽牽著我的手，和爸爸兩人迅速地走出電梯，頭也不回地，而我，卻還顧著要回頭和電梯裡面那位伯伯揮手告別。

「伯伯，掰掰……」

這事情媽媽回到家之後差點沒嚇傻，門一關上後，媽媽拿起熱水壺，猛倒了好幾杯開水就往嘴巴裡倒，爸爸則是一臉鐵青，半句話也說不出來。

「……不行，我得要和多桑說一下……」媽媽立刻拿起電話，打給了在基隆的外公，而外公在電話那頭聽到媽媽的描述之後，竟然開始哈哈大笑。

「哈哈哈……帶回來看看，帶回來看看……」外公說。

「帶回來看看」的意思，也不知道是要回基隆讓外公幫母親收驚，還是要將我帶回基隆給外公看看，總之，就這樣形成了我這輩子第一次的基隆之旅。

回到外公家的時候，外公他們住的地方就是後來我們住的那棟房子，外公看著我的臉，看著我的眼睛，仔細地端詳了好一陣子。

「沒想到，我們家出了這麼樣一個陰陽眼呀，太好了，這樣外公的生意就可以做成了呀……」外公操著台語口音，只不過，外公的話倒是嚇到了爸爸媽媽，畢竟是有什麼樣的生意，竟然是和陰陽眼有關，也未免有點令人毛骨悚然吧。

「你們不用想太多啦……乾脆，你們就搬回基隆來，反正你老公待的餐廳都倒了，回來基隆做做小生意，也比較穩定……」外公雖然講的話聽起來像是在替爸媽著想，只不過說話的同時，外公的眼睛，卻是盯著我不放。

而外公的心裡打什麼算盤，當然老媽很清楚，因此這件事情，並沒有立刻成行，我們回到台北之後，又大約過了半年以後，爸爸的下一個廚師工作一直沒有著落，而外公又在基隆幫我們家找到了車站附近的黃金攤位，這才讓父親母親，下定了決心，打算回到基隆定居，而且也不得不讓外公的計謀給得逞了。

其實外公的生意很單純，甚至應該說，就算是沒有通靈體質的人，也可以做得來，只不過，畢竟我曾經看得到「靈」的這件事情，已經在外公的渲染下，在我們家四周圍的左鄰右舍都知道了，因此由我來當靈媒的這個角色，對於一般人來說，會更有噱頭，他們也不會覺得，從一個小孩子口中，會說出什麼騙人的話。

於是，我和外公這一老一少，就在基隆的這棟老舊的房子裡面，開始了我們的生意——與靈界溝通——的生意，慕名而來的人除了附近我們從小到大都認識的人之外，甚至連遠在台北的市議員，都曾經來看過我，也因此我可以說，在小時候，我算是很有名氣的小孩，而這些人不管是男女老少，大家都給了我一個外號，叫做是——鐵道街的通靈小孩。

當初我並不覺得這事情有什麼壞處，反而我認為，名聲響亮，讓我小時候橫行無忌，只不過，在經歷了那段事情之後，我漸漸覺得，我寧願沒有這段過去。

這個影響了我一輩子的童年……

第二話　颱風來了

之前提過的，我是人稱——鐵道街的通靈小孩——的，小孩。也就是說，我們住的地方，那條街的名稱，就是叫做鐵道街。顧名思義，這條街道上的房屋，是沿著鐵道的軌道沿線所建造的，鐵道街背面，就是一條又一條的鐵軌，也因此，我小時候所住的房子，從後門一打開，就是鐵軌邊，所以說每一天都會有固定的時段，火車經過，然後產生那令家人連講話都聽不到對方的雜音。

我們家的鄰居都很特別。

除了我們家爸媽是做小吃生意之外，我和外公的——與靈界溝通——這門生意當然就算是詭異了，但是旁邊則是一連串絲毫不遜色的店家。

在我們家左手邊第一間開的是國術館，所以我從小就可以看到很多刺龍刺虎的兄弟姊妹們，來到我家隔壁推拿或是包紮，當然小時候的我活潑好動，也有過好幾次扭傷腳踝之類的傷，也都是被這位好鄰居給治療的。

而國術館的旁邊，則是一間中藥店，這是類似華西街裡面的店面，因為是販售蛇血蛇膽等特別的商品，但對我們小孩子而言，更特別的是，店面的外面，擺的是一個超大的鐵籠，而鐵籠裡面關的竟然是一隻碩大的麋鹿。

只不過，頭上的兩隻角都已經被斷掉了。

接著再過去則有兩戶住戶，然後是一間小型的漫畫店，再來就是兩戶連在一起的豬舍。

我知道這不好想像，怎麼住戶和豬舍會連在一起。但沒辦法，這就是我要介紹的原因，也因此，那是一個小型的生活圈，裡面的住民，大家也都可以想像，對於神鬼之說，總是會有著某種程度的信仰。

會強調這些鄰居的原因在於，他們曾經要求我們做過的事情千奇百怪，而運氣不錯的事情，就是我竟然也都一一可以幫到忙。

國術館的阿善師，曾經要求過我外公，希望藉由我的幫助，和他已經過世的父親，也是阿善師的師父溝通。

原本我認為這不是什麼太難的事情，沒想到，就在外公開了壇，要阿善師的父親上我的身的時候，我才知道，阿善師找他爸爸的用意何在。

「阿爸，七十二路猴拳我已經全部練完，你在生的時候，我沒有機會打給你看，現在如果你上來了，我可以打一次給你看嗎？」

形式上已經是被「阿善師父親上身」的我，不管怎說，我都得要點頭答應，而當我看著阿善師聚精會神地比起架式開練時，我看到了阿善師的眼中含著淚光，一拳，一拳，紮實地比劃著。

小時候的我可能不懂，只認為這是個好玩的工作，特別的機會。後來自己年紀大了之後我慢慢回想，我才能體會，外公這個生意做的雖然算是個「生意」，但是實際上外公收費的標準不一，沒錢的人，拿些蔬菜水果也可以抵費用，有錢的人，就端看他們心意要包多少紅包外公也都收。我認為外公只是想要提供一個管道，讓現實世界的人可以有歸屬，可以有發洩的管道罷了。

常常在長大以後回想起來，就會覺得外公是在做功德，也無怪乎後來外公走的時候，走得那麼地安詳。

鄰居們的需求千奇百怪，包括了豬舍的阿霞阿姨，竟然是要問過世的大姊，究竟豬要怎樣交配，才會生出更漂亮的小豬出來。我常常因為這些接觸，和這些鄰居的叔叔嬸嬸們越來越熟，外公也因為這份工作得到很多滿足，只不過，我自己心裡有時候會有些罪惡感，因為其實大多數時間，我是感受不到靈體上身的，真的要計算的話，可能真實的機率也只不過只有百分之十而已，也就是十個客人來裡面，大概只有一個是真正有所感應，而且隨著我的年紀越來越大，機率下降的速度也越來越快。

在我和外公這一老一少開心地過著這樣的時間之際，我完全沒有意識到，我原本美滿的家庭，竟然悄悄地出現了問題，晚上回到家之後的爸媽，開始了不常講話的冷空氣，我還甚至以為，是因為我和外公的行徑，讓他們無法接受。

直到了那個颱風登陸的夜晚。

基隆原本就多雨，那一天晚上氣象局已經宣布了發布陸上颱風警報，但我卻看見父親正在整理行李，他將一件件的衣服塞進了我們搬家時父親最常使用的行李箱內，我不明就裡。

「爸，你要出門喔？」我問。

父親並沒有回應我，只是自顧自的、專心地放著他的行李，一件又一件，一件又一件地將折好的衣物，放進行李箱中。

「爸，你要出去玩嗎？可不可以帶我去呀？」當時六歲的我曾經看過電視，要出國遊玩的人，才會這樣把東西都放進行李箱裡面，我渴望著，可以和爸爸一起出國去玩。

只不過，父親，依舊沉默。我瞇著小小的眼睛，無法猜透父親的心意，只好轉向尋找母親，試圖從媽媽這邊得到答案。

只不過，當我望向我們家一樓那狹窄的空間時，我竟然，看不到媽媽的身影。

窗外的風雨大得嚇人，我無法想像這個時候，媽媽跑出門去做任何事情，因此，我躡手躡腳地踩著老舊的木板樓梯，走上了二樓——那個原本應該是只有我方便進出的空間，竟然在閃電過後的光影中，我看到了一個人影，畏縮在角落裡，那看起來不像個大人，反像是一個無助的小孩，而短暫的光亮，足以讓我認得出，那是我的母親，那個原本是開朗、堅強的母親。

「媽……妳怎麼在這邊……？」我爬到了母親的身邊，學著母親的姿勢，挨著她，然而母親卻是一句話也不說，只是靜靜地看著窗外，看著那因為颱風所帶來的狂風暴雨，放肆地侵襲著我們家門，以及外面的樹木。

幾乎是伸手可及的屋頂外面，則是不停地傳來物體碰撞的聲音，遠的、近的，輕微的、巨大的，聲音起起落落，活像是外面有隻怪物，正不停地侵襲著我們家，然而當時的我並不了解，侵襲我們家庭的，不是那駭人的颱風，反而是另外一股看不清的力量。

在這些雜音當中，我清晰地聽見了樓下傳出的聲音。

「砰!!」我可以判斷得出，那是父親將行李箱重重闔起的聲響，接著則是我們家老舊的大門，要打開時所發出的刺耳聲，然後就是沉重的大門關起來的聲音。

我知道，父親帶著行李箱出門了，但我不知道，父親，要去哪裡，而且，為什麼不帶我一起去……

我一直以為，父親自己偷偷地在颱風天跑出去玩，可能過一陣子就會回來。

只不過，幾天之後，我終於，知道了……父親不是出國，只是出門……

第三話　月老＝愛神

父親走後的那幾天裡面，家裡的氣氛就像是颱風剛走後的街景一般，紊亂而平靜。沒有人開口問說父親的去向，而母親竟然也在颱風過後的兩天，又開始一個人到了攤子上工作。

外公似乎也知道些什麼的感覺，但，就是不會開口對我說。

在收拾過颱風所帶來的斷垣殘壁之後，外公依舊和左鄰右舍閒談著，我們爺孫倆的——與靈界接觸——的生意，也依然沒有停過。

過了一個禮拜之後的某一天晚上，我躺在我小小的二樓空間裡面，望著天花板久久無法入睡。屋頂上的貓雖然是輕盈地跳著，但是依舊發出了不小的聲響。

我憑藉著瓦片上傳來的聲音，判斷出野貓所處在屋頂的位置，於是我一腳踢向那個方位，只聽得貓的一聲驚叫後，接著就是越來越遠的腳步聲響。

睡不著覺的我，索性到樓下上個廁所，赫然發現，母親坐在了從前父親最愛的沙發上，自己倒著酒，喝著。

「媽，妳怎麼不睡覺呀？」我說。

「……心恬……我們……沒有人要了……」母親喝著酒，眼神失焦地看著我。

「……媽，我不懂……」我走了過去，試圖抱住母親，畢竟年紀小的我，雖然聽不懂媽媽說的話，但我可以感受到，母親目前的哀傷。

「……妳爸爸……離開我們了……不會回來了……」母親說話的語調依然，絲毫沒有起伏。

「……不可能……爸爸說他最愛媽媽了……不會不回來的……」我緊緊抱住了母親的身體，就像是深怕母親也像父親一樣，忽然地消失。

「爸爸……並不是最愛媽媽呀……爸爸說，只是因為……先認識了媽媽……所以和媽媽結婚……後來才認識了最愛的……阿姨……哈哈……還是姐姐……」母親那種似笑非笑的音調，聽得我有點害怕，不自覺得，抱住母親的手越來越緊……

那天晚上，我第一次體會到，愛情，是那麼不可靠的字眼……

接下來的幾天裡面，媽媽的態度整個變了。一大早出門補貨，接著自己一個人到攤位準備開工，就好像原本這些工作，都是母親一個人做的似的，就好像，從來都沒有過父親這個人。

有些常來吃飯的老客人見到母親一個人忙著，還是會禮貌性地問著。

「ㄟ？啊老闆勒？」

「喔……他最近身體不好，在家休息……」母親似乎早就編好了理由，客人們也不會再繼續追問。

然而這個母親口中生病的老闆，從此再也沒出場過……

母親在那個夜晚之後變得堅強，我卻是在那之後，變得詭異。

六歲的我，想要探討「愛情」這樣的大問題，著實負擔太重了，當時的我只知道，有某個賣冰棒的大哥哥，有時候騎腳踏車經過我家的時候，我會看著大哥哥的笑容，覺得心裡頭好開心，我認為，那應該，算是愛吧。

就這樣又過了幾天。就在我準備要上小學的前兩天，外公接到了另外一個生意，那是對面賣米苔目的美淑阿姨，想要問問自己的姻緣——已經三十三歲的美淑阿姨至今仍然是小姑獨處，因此她想要透過我，問一下月老，到底她的愛情，是要到什麼時候才能迎接。

「外公，月老是做什麼的呀？」在要工作之前，我好歹得要溝通一下。

「月老，就是管愛情的呀，誰和誰在一起，誰不和誰在一起，都是由他管的，所以問他的話，就會知道自己的愛情出了什麼問題了……」外公笑笑地說著。

「……那，連國外的愛情也歸他管嗎……」我問這句話的時候，其實還是因為父親的行李箱，因此心裡認為，父親可能到國外去了，如果是這樣的話，就怕月老管不了了。

「哈哈……國外的話，他們叫做愛神，其實和月老是一樣的……好啦，趕緊讓外公開壇，讓我請月老上妳的身看看……」說完後，外公在我們家的外面，設起了神壇，接著就是一連串的咒語，然後外公在我身上貼了些符咒。

我心裡認為，這一次肯定無法成功，因為隨著我的年紀增長之後，我通靈的機率越來越低，再加上我根本不能專心，心裡想的淨是要當面對質月老，好好地問他為什麼爸媽的愛情會變成這樣。

只不過，神奇的事情，真的在這個時候發生了。

如果說，我這輩子真的有哪一次最清楚地感受到神鬼，這應該是唯一的一次。隨著外公的咒語結束之後，我並沒有感受到身上有任何變化，只不過，在神壇的前面，我隱隱約約看到了從燭火以及香煙中所浮現的一團白霧，竟然逐漸地形成了一個人形，而且我能感受到，人形，正緩緩地將正面朝向我。

我看著一旁的美淑阿姨，再看看外公，從他們的神情中，我可以判斷，他們什麼都沒有看到，但，現場出現的人形煙霧，在我眼中卻是再清楚不過了……

我急了。如果說這就是外公所招來的月老，我急著想要問自己想要問的問題。

「你就是月老？如果你是的話，我要問你，為什麼我爸和我媽的感情會變得不好……??他們兩人是真心相愛的，你是不是哪裡搞錯了……」我的口氣又急又凶，一旁的外公見狀，也察覺到了不對勁。

「心恬，你見到月老大人了嗎？」外公說。

「……心恬唷，可以先幫美淑阿姨問問題嗎……」而一旁的美淑阿姨卻是著急著自己的姻緣。

我看著白色人形煙霧似笑非笑，像是想要告訴我些什麼，但是卻又沒有任何聲音。

「你說呀，你今天不說的話，我就不讓你離開……」想起母親的哀傷，我的態度，越趨惡劣。

「心恬，不能對月老大人這樣說話……」外公在一旁有點急了，只不過，因為他什麼也見不著，因此真的只能乾著急。

「對呀，心恬，先幫美淑阿姨問問題啦……」美淑阿姨也急，但，我小小的心中，想的卻都是爸媽的事情。

白色人形煙霧搖頭晃腦著，看起來並不想給我一個好答案。這真的讓我這個小小朋友，火了。

「你再不說，我要滅了這個壇，讓你煙消雲散……」我說到做到，身體往前一湊，作勢就打算把燭火吹滅，外公在一旁看到急忙想要阻擋。

「心恬，不能對神明不敬，會被詛咒的……」外公雖然一個箭步想要擋在我和神壇之間，但第一時間內，我已經吸足了氣，用力地往神壇吹去。燭火立即熄滅了一根，整個白色人形煙霧在此時開始散渙開來，接著就像是龍捲風一般捲向空中，然後朝我而來。

我嚇得往神壇方向躲，無奈整個煙霧壟罩在我身上，力道之強，將我推向了神壇，整個神壇桌被撞得稀巴爛，神壇上面的香火、蠟燭，以及外公擺的一筒竹籤，還有竹籤對應的籤文，散落了一地，小小年紀的我，也因此而昏倒在地上。白色煙霧在這時盡數竄至空中，盤旋了半晌後，逐漸地煙消雲散……

外公嚇得趕緊跑到我身邊，就怕我一倒之後從此醒不過來。

「心恬，心恬……」外公輕輕地拍打著我的臉，沒多久之後，我總算是醒轉了過來。

「……外公……」外公看著恢復意識的我，心裡頭一塊大石放下，這時候，我卻發現我的手上，握著一個字條。

我緩緩地打開了手掌，外公將那字條拿了起來。這時候我們爺孫倆才看清楚，那是籤文，是原本外公神壇上的籤文。

上面寫著：

「愛情本無法　真愛如曇花　是罰不是罰　一生時間差」

外公反覆地唸著簽文之後，臉上的神情凝重了起來。

「唉……心恬，看來，妳真的是得罪了月老了……」外公看著天上，那晴朗的夜空裡面，月亮皎潔地閃亮著。

我，當時完全不懂，籤文的意思……只不過，站在一旁的美淑阿姨喃喃自語的話，卻一直回盪在我耳邊。

「啊，所以我的姻緣……是什麼時候會來呀……??」

第四話　我是 Tanya

故事，回到現代了。

這一年，我二十五歲。正在台北從事著和小時候風馬牛不相關的工作，自從讀完設計學院之後，在島國的社會裡面，無法從事與大學時期有關係的工作，我只好退而求其次，進入了一家時尚雜誌，從事起編輯的工作。

不要以為像是電影裡面一樣，這個工作就可以接觸到什麼厲害的人，雖然偶爾也是會有機會碰到明星，或是跑跑時尚趴，只不過，在這個國家裡面所謂的時尚趴，也不過就是幾個小明星，所謂的時尚雜誌，也不過是跟隨國外的時尚罷了。

話雖如此，我還是很高興，我可以在這樣的公司裡面上班。

這一天下午，我的上司，也就是主編瓊恩，正把我的企劃案丟在我的面前，張開了口打算大聲地咆哮。

「Tanya，可否解釋一下，妳這個企劃案要採訪的人選……為什麼不是目前最紅的型男歌神——樹，為什麼會是什麼剛出道的偶像演員？啊？」

瓊恩講話口氣的抑揚頓挫，我知道她是在模仿我們的大老闆總編輯雪兒姐，只不過，我知道雪兒姐是不會這麼輕易地就動脾氣的。

「……我可以解釋呀，因為歌神『樹』的時間有限，如果要敲他，肯定會失敗，與其要浪費時間去做沒必要的事情，倒不如就直接找容易成功的案例，這樣不是比較不會浪費時間嗎？」我說得很平和，因為一直以來，我都是這樣做事情的。

「妳有試過了嗎？沒試過怎麼會知道敲不到呢？妳就是這樣事情才都做不好……」瓊恩聽完我的解釋，更加地不開心，我倒是很不能了解，我已經解釋了，但是為什麼她不能接受。

不過瓊恩的攻勢還沒結束。

「我甚至認為，這不是妳的心裡話，妳心裡想的應該是，妳自己比較喜歡年輕的偶像，對於比較成熟的『樹』，不是妳最喜歡的型，妳是在用自己的喜好在決定工作的順序，對嗎？」瓊恩一發不可收拾，好像被她好不容易找到了針上面的小縫，不停地將線給穿進去一般。

「我沒有呀……我自己比較喜歡的是『樹』呀……我只是希望工作起來，有效率，這樣才會在時間之內完成呀……」被她這麼一說，我自己也慌了起來。

「重點是……妳還沒有試過呀，妳既然說妳比較喜歡的是『樹』，那怎麼不去試試看呢？搞不好試了之後就成功了呢？難道說妳交男朋友的時候，遇到自己喜歡的也不會去試嗎？」瓊恩的聲音越來越大。

「……」我在口中默唸了幾個字。

「妳說什麼？」瓊恩大聲地反問我。

「……沒事……」

「總之，我不滿意妳這個企畫案要採訪的人，如果不改變妳的工作態度，小心我會對妳做出處置，聽到了沒……」

我默默地點了點頭，拿起了瓊恩剛才甩在她辦公桌上的企劃案，接著一言不發地離開了她的辦公室。

「妳怎麼知道我沒去試……」我知道我唸在口中的，就是這麼幾個字。

每個人的人生不同呀，妳怎麼知道我沒有努力過，妳怎麼知道我做出了任何的決定之前，是因為我經歷過多少不同的選擇以及結果，妳又怎麼知道最後我所做的決定，會是好或是不好，妳又怎麼知道就算採訪到了歌神，效果一定會比那個剛出道的偶像明星強？

然而我心裡面默唸的台詞，遠比我嘴巴說出來的多很多。

當我心不甘情不願地回到了自己的座位上時，我們的美編，似乎不打算給我任何喘息的時間。

「Tanya，我找了幾個範本，關於妳下一期要做的單元，妳要過來看看嗎？」美編小花總是這麼貼心，和她合作了一年多，我們的默契也算是不錯。

在看完了小花的msn訊息之後，我放下了剛才在主編辦公室裡面的心情，準備走到小花的位置，和她討論。

「Tanya，妳看……有這個……這個……還有這個……這一張圖是妳說妳想要的那種日本的感覺……這幾張可能就風格比較冷一點……」我看著小花找出來的範例，果然每一張都很符合我們當初討論的感覺。

「小花，妳喜歡哪一張？」我問。

「不用我喜歡哪一張，我倒是可以猜得到，妳要的是哪一張……」小花笑著。

「真的假的，那我們一起說，我喜歡的是哪一張？」

「好呀，1……2……3……這張!!」小花和我果真點了同樣一張圖，在接近二十幾張不同風格的圖片裡面，要同時選到同一張，這可不是機率高的事情。

「小花，妳還真是了解我……」我拍著小花的肩膀，大笑著。

「……那……所以……妳要我用哪一個版型去做呢？」小花話說完之後，竟然把剛才我們選的那一張圖片放到一旁，那感覺不像是我最愛的圖片，反倒像是我們選出了不要的，將它去除一般。

「ㄟ……小花……不是要選這一張嗎？」我有點納悶。

「ㄟ？Tanya妳不是每一次都不選妳最愛的嗎??雖然我不知道原因，但是每一次和妳討論事情，我發現妳總是捨棄妳最喜歡的那款，然後選擇執行度比較簡單的那款……」小花的話，不知怎地，重重地打在了我的心上。

「……有嗎……??」我遲疑地說。

「……我印象中幾乎都是這樣，我以為這是妳為了體恤我們做稿方便，因此選比較好做的……不是這樣嗎……」小花依舊坐在她的Mac前，我依舊站著，但我忽然覺得，我和她，好像離得好遠。

「……有時候……可能……是吧……」我苦笑著。

「……所以?」小花盯著她的螢幕，我也盯著，我們並不是面對面地在交談。

「就用剛才選的那張……就用剛才選的那張……」我重複了兩次，也不知道自己想要強調什麼，總之，我就是要用剛才那張，那張我最愛的圖片……

小花沒有再回應我，只不過，Mac螢幕裡面的影像已經換了，小花開啟了別的軟體，準備執行她的任務。

我是心恬，二十五歲，現在大家都叫我Tanya，只不過，我似乎到了今天，才察覺到自己身上，出了什麼微妙的變化……

第五話　他是大衛

和大衛交往了四年。從大四那一年開始的一段戀情。

幾乎每個週末，都重複著類似的事情，因此，我不需要寫日記，不需要過紀念日，不需要花什麼心思。

這個禮拜五的晚上，大衛約了我，在禮拜六下午兩點左右戲院門口見。其實，這通電話也不見得要打，因為，每個禮拜都沒什麼變化。

我在家裡花了點時間打扮，也不急著出門，甚至我大概是兩點左右，才慢條斯理地搭公車到達約定地點，通常我到達的時間是兩點半左右，而我知道，大衛都大概是兩點左右到，買了三點左右的電影票，然後坐著等我。

我們會在看完電影之後，再散步個十分鐘，大衛會開口問我：肚子餓了嗎？我通常會點點頭，然後大衛會拿出他事前收集好的餐廳資料，告訴我，最近有哪幾家餐廳值得去品嘗，大衛會列出幾家，要我做選擇，然後我會說：都好，都可以。接著大衛就會帶我去決定好的餐廳，準備進食晚餐。

晚餐的時候，大衛會開始聊他的工作情況。

我描述一下大衛好了。

大衛的身高將近一百八十公分，五官輪廓很深，有人說他像歐美明星，不過我是覺得他比較像是東南亞那邊的人。

大衛不重，因此看起來像是根竹竿，只不過他的肩膀很寬，感覺上任何一件衣服穿在他身上，都有被撐起來的感覺，我相信他也很自豪自己的身體有這樣的特點，因此每次買衣服，總是會在穿好衣服之後，站在鏡子前面，接受女店員的不知道是善意還是真心的稱讚。

「好好看唷……很少人可以把這衣服穿得這麼好看的……」然後我就會在一旁，看到大衛得意地看著我，那表情像是說，他們在稱讚妳男人耶，妳應該也與有榮焉吧。

除此之外，大衛可以說的部分，大概就是他的工作。他是在高科技工廠裡面擔任了主管的工作，簡單說起來，外面的人看起來，這工作，就是電子新貴，就是類似年薪有十幾二十個月的薪水，然後連工友都是百萬富翁的公司。

事實上大衛的薪水的確不低，也因為這一點，我總是可以跟著他吃到許多美味的餐廳，以及好玩的地方。

「管理真的是一門學問，除了要讓工人們的時間有效率地運用之外，有時候竟然連他們的情緒，我都得要照顧……目前公司SOP流程我覺得有那麼點問題，只不過，現階段要我去修改，我也不知道從什麼地方改起，我想我還是應該進修去提高我的學歷，到時候要升職的時候，才比較容易輪得到我……」

大衛的話題不外乎是這幾句，雖然他也真的去上了課，準備要考試，但，不知怎麼搞的，對於他說的這些事情，我都不太關心。

小花和我說過，大衛這樣的男人，就是最棒的了，日文叫做「最高」（saikou），我心想，如果是講身高的話，的確是不矮……

吃飯的時候，我不會完全不理他，只不過，這樣的話題，我再怎麼想要提起興趣，也似乎很難為難自己附和。

每次週末晚上吃完飯，就是大衛最尷尬的時刻。

一開始我總是不知道他在尷尬什麼，我甚至以為，他的行程每每只安排到晚餐結束，因此晚餐如果提早吃完的話，他好像就不知道要帶我去什麼地方了似的。

一直到一年前的某個週末夜晚，他帶我到了台北市內的某個大公園，然後不經意地發現許多情侶，在公園內親熱地接吻或是做著親密的動作時，我才了解到，每次晚餐結束後，大衛尷尬的點為何。

於是在半年前，我知道我自己厭倦了每次晚餐後，看到大衛那不自在的表情，以及曖昧的話語，我主動地，給了他一個出口。

「……妳今天……有……想去哪裡嗎？」每次晚飯後，大衛的尷尬劇，就會從這一句話開場演出。

「我今天有點累……」我說。

「那……」大衛看來很失望，他似乎認為，我想要回家休息，而沒意識到我接下來可能接的話語。

「能不能找個地方，你陪我休息一下……」我說。

我看得出大衛的表情在壓抑著自己的高興，他開著車，竟然在三分鐘之內，就找到了離餐廳最近的旅館。

「……這邊有……可以休息的地方耶……」大衛如是說。

我微笑著。

也許，我心中認為，情侶之間的有趣，可能得要自己去創造出來才對。

那天晚上，我和大衛發生了關係。

一如愛情小說家H所說，對於藝術方面，普遍如唱歌跳舞等事情專精的人，在做愛這件事情上，會有著較高的天賦，反之，則可能如例行公事一般，草草了事。

很不幸，我曾經在KTV裡面聽過大衛唱歌，並不是那麼優良……

於是乎，那天晚上之後，只不過是讓我和大衛的週末夜晚，又增加了一個流程上的步驟。

從下午看電影，晚上吃飯，吃完飯散步，再來就是旅館內做愛，然後，大衛會很辛苦地送我回家……雖然大衛曾經試圖在這個流程的後面，再加上一個──在我家過夜，但是正如他自己所言「現在的ＳＯＰ流程我覺得有那麼點問題，只不過，現階段要我去修改，我也不知道從什麼地方改起，我想我還是應該進修去提高我的能力……」

就這樣，我和大衛過著小花口中的「只羨鴛鴦不羨仙」的生活。

然而大衛從來都不知道，我在認識他之前，交過幾個男朋友，大衛也不知道，我小時候的那段異於常人的經歷。戀愛專家說過，不需要讓現在的男人，知道以前自己的事情，不過，我心裡倒是很在意。

我認為，我應該要讓對方知道才對。

因為，我一直無法在這段愛情裡面，得到什麼愛的感覺……而我心中，從小到大，一直都在追求，愛的感覺……

第六話　難道是他

週六是屬於男朋友大衛的日子，只不過，周日卻是我必須提早回歸到工作的日子。我不想承認我自己的動作不夠快，但我也無法了解其他人到底是利用什麼時間工作，竟然可以在正常的工作時間內完成所有的事情，總之，我就是得要在星期日的時候，多利用一天的時間，才可以做好我的事情。

雜誌編輯不是一件輕鬆寫意的工作，每次製作單元，除了要寫稿之外，事前的準備，包括了攝影師、麻豆、梳化妝的時間確認，最麻煩的就是要借到衣服以及道具，因為一個單元的成敗完全是由自己扛起，如果無法在事前就做到百分百的準備的話，到時候拍攝時，缺了什麼東西，攝影師也愛莫能助。

在週末之前，我並沒有真的打電話去確認歌神「樹」的時間，因為我知道，我只要告訴瓊恩，我打過了，經紀人告訴我，歌神的時間挪不出來，那麼我就過關了，因此，我現在準備的拍攝計畫，全都是有關於那個偶像新人的部分。

雖然標的物的確不是最理想的，不過經過我的精妙包裝之後，我相信，出現在雜誌裡面的，又是一篇時代型男的專訪。

星期一的早上。

依然慌張的辦公室生活。星期一通常是我們編輯部的夢魘，如果是遇到了每個月一次的會議，那就更是讓人家緊張了。

因為這是全公司，要和總編輯開會的日子。我們家的總編輯，也就是雪兒姐，當然，雪兒姐是外號，是因為她這幾十年來，在時尚雜誌界打拚，所得出來的成果，就像是國外影壇的明星，雪兒一樣，永遠不會老，永遠走在時代的尖端。因此，只要是這個圈子的人，都會尊稱她一聲——雪兒姐。

通常在只有編輯群開的會議時，大家總是姍姍來遲，似乎太早來，就顯得自己特別笨的感覺。只不過，在這個一個月一次的會議裡面，每個人都提早了十分鐘就已經坐在會議室裡面，接著就是誠惶誠恐地等待雪兒姐的來臨。

我記得我說過，雪兒姐不凶，只不過，她就是渾身會散發出一股懾人的氣魄。「大家早，很開心，又在星期一的早上和大家見面了……」雪兒姐面露笑容，只不過各個部門的人早就都屏息以待。

從發行的部門，一直到負責雜誌廣告的業務部門，每個部門主管都戰戰兢兢地報告著上個月的成績，一直到每個部門都結束，只剩下了編輯部門之後，雪兒姐請所有的人都離場，只剩下了編輯部門的同事們。

「好了，前面該說的都說完了，我常說，最重要的是內容，因此，現在，就好好地讓我聽聽，你們下個月所要表現的最好的雜誌內容是什麼……??」

瓊恩在雪兒姐的面前，猶如一條乖狗兒般，不停地點著頭，我從來沒見過，主管可以像她那麼雙面人。

「……這個月，我想要先從專訪聽起……」隨著雪兒姐的指令一下，我知道，我是今天的籤王，而我看到瓊恩的臉，不停地在和我使著眼色，我大概知道那擠眉弄眼之中，隱含著什麼意義，只不過，這一次可能無法如瓊恩的意了，因為我一整個週末所寫的計畫，都是關於那個剛出道的偶像明星。

「這一次的專訪，因為我們的主題講的是才藝雙全的潮男，因此，我想遍了這個島上，最適合這個主題的人，於是我找到了——Andy黃……」當我說到這裡時，我的語氣停頓了一下，因為，我認為，這個地方是要讓人家發出感嘆聲的破口。

「誰？」只不過，雪兒姐的一個字，讓我整個背的冷汗，一起微微地滲出了毛細孔。當然，我的臉上看不出任何驚慌。

「……就是前一陣子主演電視劇『也許我不愛你』的新生代男星，Andy黃……」我只好再度地強調一次，希望有人看過這部電視劇。

「誰？」只不過，雪兒姐的答案，和剛才並沒有不同，而我的背，已經逐漸地溼了一片……

「對不起，雪兒姐，我和Tanya說過好幾遍了，我們本來要找的是新生代歌神『樹』，只不過，我不知道，Tanya她，可能是說錯了……」瓊恩急得連忙起身解釋，當然，也是趕緊將過錯，全部推到我身上。

「我們是有討論過，只不過，我有打電話給『樹』的經紀人了，在時間上，真的無法配合，因此我只好退而求其次，轉而去尋找另外一個更適合的人……」還好我已經想好了藉口，要不然，這個讓雪兒姐連說了兩次「誰」的偶像演員，可能會害我掉了這份工作。

「妳真的有打嗎？Tanya，還是妳只是找個藉口來搪塞我而已，我上次已經提醒過妳了……」瓊恩當著總編輯的面，開始懷疑起我來，這令我越來越不愉快。

「瓊恩，不管怎麼樣，妳也應該相信我吧，我怎麼可能不以最佳人選為考量，我當然知道這個主題，以現在而言，最適合的人就是『樹』了，可是人家就是沒有時間呀，不然的話，我也不會去找這個什麼Andy黃了……」我心虛，不過我表面可是悍得很。

「好了……不要吵了……」雪兒姐忙著制止我們的同時，發行部門的主管布朗，忽然從會議室外面，走了進來。

「雪兒姐，數位無限集團的人已經來了……」布朗在雪兒姐的耳朵邊說著，不過大家都聽得很清楚。

「好……編輯會議今天下午再繼續，我現在要過去開另外一個會議，希望下午，瓊恩你們要把意見統整好，好嗎？」

瓊恩低著頭，猛點著。只見雪兒姐一出去之後，瓊恩立刻就抬頭問起了布朗。

「咖啡先生，是什麼會議這麼重要？什麼數位無限集團？那是要做什麼的呀？」

瓊恩就是這種多樣化的嘴臉，才會讓我看不順眼。

「之前就提過了，你們不知道嗎？雜誌的廣告營收越來越低，因為平面媒體的預算都被網路媒體搶走了……數位無限集團，就是這個行業的佼佼者，雪兒姐想要和他們談合作的事情，據說，下個禮拜，就要你們編輯部和他們一起開會，研究可以在網路上製作的時尚內容……」布朗說話的同時，偷偷地看了一下會議室門外，可見這事情，並還不能夠讓大家都知道。

我坐在門邊，聽完布朗的話之後，悄悄地推開了門，看見了雪兒姐，正在和一名穿著合身西裝的中年男子握著手，而男子的身後，還站著兩名年輕的男子。其中一名男子個子不高，理著平頭，然而另外一名男子，身材高䠷，而且身材比例非常合宜，簡單的西裝頭，卻將他的臉型，襯得十分好看。

我越看，越驚訝。

那最後一個年輕男人，不就是……他嗎……

我沒想到，我會在這個時候還遇見到他，因為，這有可能改變了我下半輩子的人生，有種念頭，悄悄地，安靜地，在我的心裡面，開始萌芽……

第七話　往事

我忘了星期一早上的會議，是在什麼樣的情況下結束，我只知道，我見到了我夢寐以求的男人，那個曾經在國中時期，和我失之交臂的男生。

如果我沒有記錯的話，他的名字叫做黃克群。大我一屆的學長。

曾經，我已經因為錯過了他，對愛情失望，雖然後來，我又發生過很多事情，但，不管怎麼說，今天會讓我再度遇見他，我就認為，這是一種命運的安排，是一種預兆，是一種暗示，我必須，我無論如何，都要對這次的線索，做出回應。

星期一下午的編輯會議上，雪兒姐更加地，堅定了我的想法。

「今天早上，我和數位無限集團的副總裁開了會，他甚至帶了他們公司優秀的行銷經理，以及業務經理到我們公司來，希望與我們在數位內容這一個產業上，做一個深度的結合，為了我們公司的將來，我初步答應，和他們公司製作一個關於時尚的內容，至於要如何的用數位化的方式呈現，下個禮拜一，他們公司，今天來的業務經理以及行銷經理，將會再到我們公司一趟，和編輯部的你們開會，因此，在這個禮拜內，我希望大家回去，可以想一下，要怎麼樣利用數位化的技術，來呈現我們時尚雜誌的特別風格的內容……」雪兒姐講話依舊條理分明，只不過，在我的耳中，我只聽到了幾個關鍵字。

下禮拜一，行銷經理，和編輯部的你們開會……把這幾個關鍵字組合起來之後，就得到了一個訊息。

下禮拜一，我會和我暗戀多年的學長黃克群，在這間會議室裡面見面。

我無法形容我心中的感受，那種壓在心裡最底層的悸動，竟然就這樣一陣一陣地不停湧出來，從心臟到胸口，從胸口到喉嚨，從喉嚨衝到鼻頭，再從鼻頭擠壓到眼球，我的眼淚，莫名地，滴了下來。

「搞什麼呀……做數位內容，有這麼感動喔……」小花驚。

「真的……我就是想要做……數位內容呢……」我胡亂地敷衍過去，只不過，接下來，又是一連串的問題，困擾起我來。

要和學長一起開會，而且是一群人，最重要的事情，就是要引起學長的注意，否則，就算學長知道我是他的學妹，這一點也不會有什麼幫助。

於是，從禮拜一開始，我幾乎是完全地放掉了手上的工作，全心全意地在打拚著時尚內容數位化的這個領域，我雖然一直覺得，一旁的主編瓊恩好像在盯著我，但是不管怎麼樣，她肯定無法知道，我是為了什麼在打拚中。

就這樣一路拚到了週五晚上。我的手機，響了。

「心恬呀，明天星期六了，我們去看電影好不好……」毫無意外地，大衛的電話殺至。

「……嗯……」我一邊看著電腦螢幕，一邊含糊回應著。

「那就兩點，約在戲院門口見……」

「……嗯……」我依舊含糊回應。

「明天見……」

「……嗯……」大衛掛了電話，我還將手機夾在了耳邊與肩膀中間，聽著斷訊後的「嘟嘟」聲響之後，我忽然想到了一件很嚴重的事情。

如果和學長見面之後，我透露出我對他的愛意，然後學長也接受了我的話，卻發現，我有男朋友，那該怎麼辦……?!

看著電腦螢幕，我心裡有點徬徨。只不過，這十幾年來，我因為那童年的詛咒，錯過了那麼多事情，我今天難得又有機會，我難道要放過？

也許，這就是個命運的轉捩點吧……

星期六的下午，我按照慣例，慢條斯里地來到了戲院門口，時間大約是兩點二十五分，我看到了廣場的椅子上，大衛已經好整以暇地坐著等我。

「走吧，今天電影比較早，五十分的……」如果按照慣例，我會勾著大衛的手，只不過，今天不同，我刻意地沒有和他有肢體上的接觸，但，大衛並不以為意，這個標準流程裡的小小誤差，他並不清楚，將會帶來之後什麼樣的問題。

看完電影之後，我們依舊是走了一小段路。接著，大衛開口了。

「肚子餓了嗎？」大衛說。

我點了點頭，這部分，和以往的流程完全一樣，大衛接著就說出了三到五家新的餐廳，其實這一點，我是很佩服的，雖然在網路上搜餐廳是快速而便利的，但是每個禮拜總是固定會找出三到五家而且不重複的地方，想起來，也不是件那麼容易的事情。

「都可以，你決定吧……」這些部分，我都不願去改變流程，而大衛，也按照劇本，帶我到了一家我沒去過的義大利餐廳。

點菜，上菜，喝飲料，吃麵包，這一切過程，都相當熟悉，大衛在席間，也開始了他在工廠裡面的話題。

「最近，劉老三的工作狀況不太穩定，我就問他，是不是出了什麼事情，他說，他父親住院了，所以他上班的時候，總是有點擔心，我說，沒關係，如果有需要你就講吧，劉老三好像挺感動的，一直和我道謝，我總覺得，要管理，真的不是那麼容易的事情，還是要管到人家的心裡面去才是好的主管……」說真話，這個劉老三的故事，我大概聽了二十幾遍有，他們家裡面有什麼人，我幾乎都可以背得出來，但，我從來沒有表達過任何不滿的情緒。

「大衛，那……你管過我的心裡嗎？」我不經意地說出了這句話，沒想到，大衛的反應大得嚇人。

「什麼意思？心恬，妳說的意思是什麼？妳覺得我不關心妳嗎？妳覺得我有冷落妳嗎？是因為我太投入在工作了嗎？」大衛連珠炮地說著，我趕緊解釋。

「沒……沒有……不是那個意思，我是說，你好像對我的事情，都不太了解的樣子，是因為不想了解嗎？我們都交往了快四年……」我說。

「不會不想了解呀，只不過，我記得我們剛認識的時候，我好像有試著想要問妳，但是那時候……妳好像生氣了……所以我之後，就再也不敢問……妳想要告訴我了嗎？」大衛的表情忽然開朗了起來。

我低頭先吃了一口通心粉，接著看著大衛的臉。

「嗯……我今天，想要和你聊，我從小到大的事情，包括我以前關於戀愛的事情……」我讓口腔嚼著通心粉，這樣子說話看起來會比較沒有情緒的感覺。

我自己這樣想像著。

「好呀，終於……妳終於想要讓我了解妳了……我太高興了……」大衛的臉上，洋溢著笑容，而我，還是盡量地讓口腔裡面，塞滿通心粉，藉以掩飾我的情緒。

那一段從我小時候搬去基隆之後的往事，就隨著我口裡的通心粉味道，一併，公諸於世……

第八話　排球場

我從小時候搬到基隆的那段開始說起，途中，大衛對於我曾經住在那麼鄉下的地方感到好奇，然而當我說到了通靈的經過時，大衛的眼睛整個都睜大了。

「所以……妳還看得到……那個嗎？」大衛不自覺地轉了轉頭，看了一下自己的身邊，深怕我說出什麼奇怪的話。

「……看不到了……自從那一次『意外』之後……」我口中的意外，指的就是最後一次和外公合作通靈，為了替爸媽的婚姻出口氣，我看似得罪了月老，但實際上，我在當時也不懂到底發生了什麼事情。

大衛在他的長腳杯中，注入了紅酒，接著舉起了酒杯，輕輕地搖晃著。

「外公口中的詛咒……真的有發生嗎……？」大衛面露狐疑。

我不知道算不算有發生，不過，國中那段經驗，的確是讓我印象深刻……

那一年，我國二。學校規定女生的頭髮不可以留得過長，否則，會受到校規的處分，只不過，我總是會刻意留一撮比較長的頭髮，塞在耳際裡面，等到教官走遠之後，我再放下來。

當時的我，全心全意投入在排球比賽當中，我不知道是為什麼，這種將球打過來拍過去的運動，在當年深得我心。

我甚至加入了校隊。

只不過，男子校隊以及女子校隊的水準實在相差的太多，我常常，看著男子排球隊在練球的時候，然後看著他們發呆。

現在想起來，我應該是在那個時候，認識了小盃。

「看什麼那麼入神？」放學後的排球場上，除了男子排球隊的練習人員之外，我靠在遠遠的欄杆邊，偷偷地望著，冷不提防，一個個子嬌小，頂著男孩頭髮型，笑容有如小孩子般的女生，走近了來。

「喔……我只是納悶……」我並沒有注意小盃從哪裡走過來，因為我的眼睛一直還是盯著球場。

「納悶什麼呢？」女生問。

「他們的舉球員，為什麼一定要把球舉得很高，然後中間有兩三個人跳起來，空揮著手臂，根本沒打到球呀，結果卻是最後跳起來的那個人殺球……？」我說。

「那叫做時間差攻擊呀……」

「時間差……攻擊……」不知道怎地，聽到了「時間差」三個字，我的心裡，好像出現了某種恐懼。

「對呀……時間差攻擊……看起來像是要給一號攻擊手殺球，事實上卻是舉給了三號攻擊手殺球，因此前面兩人，一號和二號攻擊手同時跳起來的時候，對面的對手要封網，就會無法判斷是要封哪個方向……」女生說得流利，我不禁懷疑起，她是否也是校隊的人員。

我終於回頭看了一下她——一個個子嬌小，頂著男孩頭髮型，笑容有如小孩子般的女生。

「那……如果是要舉給三號攻擊手，結果一號在這個時候硬是要殺到球呢……」

「……這樣的話……殺球的時間不合，很容易就會出界，或是掛網……」這個小女生看著我，就像是看著好朋友一般地，目不轉睛。

「我叫做小孟……郭小孟。我是二〇一班的轉學生……」小女生自己自我介紹了起來。

「我是心恬……我在二〇三班……」自然，那個時候還沒有什麼 Tanya 的英文名字。從那天之後，小孟變成了我在學生時代很重要的朋友。

大衛喝了一口紅酒之後，眼睛瞪得老大看著我。

「妳不會要和我說，妳和這個小孟當時交往了吧……哈哈哈……」大衛的態度，在那瞬間讓我感到很感冒，就算我當時真的是和小孟交往，這事情也沒什麼大不了，那感覺，就像是曾經和大衛去看電影的時候，路上遇到了一對牽著手的男同志，大衛不停地和我擠眉弄眼，活像是見到了什麼似的感覺。

我不喜歡。

「不是……只不過，小孟在我學生時期，扮演著很重要的角色……」我一面塞著通心粉，一邊說著。

在那一次之後，每逢星期三和五，我都會在排球場邊看著排球隊練球，而小孟，也總是會準時地出現，和我一起看著他們練球。

看了幾次之後，小孟察覺到了我的真正的企圖，並不是要看排球隊，而是球隊裡面，那個高眺的副隊長——黃克群。

「心恬……妳的眼光……怎麼好像永遠都只落在了一個人的身上……」小孟說。

「有嗎？我眼睛都四處轉呀，我又不是死魚眼……」我刻意地轉動著自己的頭，四面八方地看著，惹得小孟都笑了。

「拜託……我陪妳在這邊看這麼久了……難道我不知道妳在看什麼嗎？」

「看什麼？」

「是副隊長對吧……」小孟說。

被揭露心事的我，一瞬間臉都漲紅，一句話也說不出來，只見小孟用手指指著我，不停地竊笑著。

「喜歡一個人又不是壞事……不過人家國三了唷，妳如果不趕快告白的話，可能就沒時間了……」小孟意有所指地說著。

我看著球場上，正高高跳起的克群學長，在陽光的照耀下，臉上的汗珠閃著剔透的光芒，學長整個人就像是個戰神般，揮舞著戰斧，將那顆排球狠狠地往對面地面甩去。

「乒」「砰」兩聲巨響，震得我心頭蕩漾不已。

「可是……小孟……告白的意思是什麼……只是要讓人家知道，我喜歡他……這樣嗎……」我發直的眼睛，沒離開過球場。

「……愛是貪心的……妳只是想讓他知道妳喜歡他？還是妳希望他也喜歡妳……還是妳希望……可以常常和他在一起，每天都見到他……??」小孟連珠炮地說了好多假設，每一種假設，都讓我的心裡多出了許多想像。

隨著球場上，學長又再度躍起落下，我的心，也跟著翻轉著。凝視了好一會兒之後，我的口中，說出了我這輩子對愛情的第一次渴望……

「我想要……和學長……永遠在一起……」

排球場上依舊響聲不斷，此起彼落的男同學們就像是練著體操般，規律地上下跳動著，但我知道我的心，從那一刻起，不再規律地收縮……

第九話　表白

大衛拿著紅酒杯，眼睛瞇瞇地看著我。

「看不出來，妳也曾經暗戀過男生……我一直以為，一定都是男生追求妳……」大衛的耳朵，有點紅了，我知道，那是他緊張的時候，慣有的現象。

和大衛交往的這段時間裡面，我照著他的ＳＯＰ流程，每天標準化地進行著，因此，大衛從來也不用擔心，我身邊，會出現別的男性角色，但這時候我沒有想到，就連我在描述往事出現的男性，也會讓他感受到不安。

「……對……那可能……是唯一一次的暗戀……」我不敢多講，因為前幾天才因為又看到學長而引起的興奮，現在差點又因為提起往事，而激烈地讓我無法平靜。我並不希望在大衛面前，表現出那樣失態的模樣，畢竟，他現在「還」是我的男朋友。

「妳連對方是什麼樣的人，妳都不清楚，還談什麼暗戀……」大衛現在的模樣，就像是小孩子一樣耍著脾氣，不管其他任何的因素，都要將我當初暗戀學長的這件事情，講得一文不值。

他的名字，叫做黃克群。三〇五班。身高一七九公分，體重六十五公斤。除了是學校的排球校隊副隊長之外，他還是學校樂隊裡面的指揮，模擬考成績永遠是全校的前五名以內，他的志願是成為企業家，很特別的是，在國中那幾年的生活當中，因為他的形象太過於端正，據說，他連一封情書都沒有收過。

一樣是星期五的傍晚，我和小孟倚靠在欄杆邊，遠遠地看著學長跳起來，又落下，而在網前擔任舉球員的，則是校隊隊長，和黃克群同一班的學長——薛文。我娓娓地描述著學長的履歷，一旁的小孟則是面露欽佩狀。

「妳把他的身家都調查清楚了呀，那妳知道他喜歡什麼樣的女生？」小孟問到了重點。

「……根據我得到的資料顯示，學長他……喜歡……高的也好，矮的也好，胖一點OK，瘦一點也喜歡……五官清楚……就好……」我話沒說完，小孟的表情已經揪成了一團，並且立刻打斷我的話。

「這些說了都等於沒說呀……到底是什麼意思呀？」

「……簡單講，學長的生活過於充實，身邊都沒有什麼女性，他……應該是不了解自己喜歡的是什麼樣的女生……」我的眼睛看著球場中的學長跳起，空揮了他的手臂，這球看起來就是像小孟說的，時間差攻擊，因為薛文學長把球，送到了更遠的地方，由另外一位球員跳起殺球。

「這樣不就簡單……他根本沒談過戀愛，妳就直接告白就好了呀?!」小孟大叫，我則是很冷靜地回頭看著她。

「沒辦法啦……我一見到他根本就說不出話來……有一次我們女子球隊練球，結果他們校隊過來說要借場地，我就看著學長直直地朝我走過來，我差點就吸不到空氣……」

「……妳很沒用耶……」小孟說。

「……我知道我沒用呀，可是，那也是第一次我了解到，喜歡一個人，會是什麼樣的感覺，我的心跳瞬間加速到一種程度，整個身體都僵硬了……就好像……就好像……被上身的感覺……」我實在找不到其他的經驗來形容。

「啊？」

「沒有啦，總之……我只是要說，是學長讓我了解到喜歡一個人是什麼感覺……」

大衛這時臉上沒有笑容了，似乎聽我描述著我喜歡別人的感受，讓他感到相當地不愉快。他不停地將那已經空了的紅酒瓶，用力地倒著，事實上，最後一滴紅酒，早已經落入了他的酒杯底部。

「……其實……妳可以不用描述得那麼詳細，聽妳說這些往事，我竟然會有吃醋的感覺……」大衛重重地將酒瓶放置在桌上，雙眼看著我說。

「我只是想說，你可能會想要了解我的一切……」

大衛搖了搖頭。

「我會想要了解……我會……好，算了，當我沒說那些話，妳繼續說……」大衛對我說完這句話之後，回頭叫了服務生一聲，示意她再拿一瓶相同的紅酒過來，看起來，大衛是想要利用酒精麻醉自己，以便自己可以順利地聽完我的故事。

「那就寫信吧?!妳說他沒有收過情書，應該也沒有被別人告白過，這樣的話，妳只要成為那個第一個人，第一個寫情書向他告白的女生，不管他接不接受，妳在他的生命中，都會占有一個最不可抹滅的地位耶……」小孟開心地拉著欄杆，盪著，像是在表達她自己想出這個好主意的興奮。

聽完小孟的提議，我的喜悅，從心頭閃過，只不過，只有一瞬間，下一瞬間，我又被恐懼給掩蓋。

「如果他看完之後，拒絕了我呢？」

「如果他看完之後，嘲笑我呢？」

「如果……」

「夠了……」小孟停止了欄杆上的運動，轉過了身子用雙手捧著我的臉。

「心恬，妳是個很可愛的女孩子，就算學長不喜歡妳，也只代表這個學長不喜歡妳，可是還是有很多人喜歡妳的呀，搞不好，就在妳在想要告白的現在，在一旁，也有很多人等著要向妳告白，或是害怕著不敢向妳告白呀，因此，我們只要把自己的心意說出口，接下來，就是對方的事情了，妳說，對嗎？」小孟在說這番話的時候，我剎那間有種錯覺，像是個很帥的男生，又或像是個很有智慧的長者，在對我說著話，害我不自覺地，臉微微地泛紅起來。

為了避免我自己的失態，我轉過了臉去，繼續將眼神投向那排球場上的男子們。

「可是……我連走近學長身邊的勇氣都沒有，我又能怎麼樣把情書拿給他……」這個是真的，在當時，我真的沒有辦法接近學長的方圓兩公尺內。

小孟挑了一下眉毛。

「好吧，好人就做到底……」

「啊？」我不懂小孟這句話的意思。

「妳下禮拜把情書給我，我幫妳去拿給學長……」

「這樣……好嗎……」事情還沒開始進行，我已經緊張了起來。

「沒什麼好不好的呀，妳趕快寫好給我，我就立刻拿去給學長……」說著，說著，小孟又開始拉著欄杆，盪了起來，活像個男孩般的靈活。

「不過我要提醒妳唷，因為快要畢業了，我相信和我們一樣想法的女生一定很多，因此，妳要快點將情書準備好，搶不到第一個的話，成功的機率，就會大大地降低……」

我點著頭。腦子裡開始幻想起，如果學長真的接受了我的告白，那麼，我們會否一起上學，一起去吃校門口的雪花冰，一起打排球……

一回到現實，大衛的臉，難看到了極點，他藉故對著服務生發火。

「紅酒呢？我不是又點了一瓶紅酒，怎麼還沒來……」我心裡想著，這就是精密儀器的忌諱。如果沒有照著ＳＯＰ的流程一步一步來的話，很容易就會發生機器「短路」，或是生產線中斷「供輸」的情況。

只不過，今天晚餐要把這些過往講完，才是我另外一項工程的ＳＯＰ流程。

第十話　只是巧合

服務生尷尬地小跑步拿著紅酒瓶跑了過來，途中還一個踉蹌，差點沒跌倒，最後趕緊在大衛面前開了酒，高舉起酒瓶往大衛的紅酒杯裡面注入。

「這個男人有那麼好嗎？結果你們有交往？」大衛的臉頰這時候已經紅了一小片，和耳根的發紅連成一片，看起來就像是個醉漢一般。

「沒有……我們沒有交往……」我搖著頭。

「……是那個什麼……什麼時間……什麼詛咒嗎……??」大衛說得很不屑，對他來說，當我在描述通靈那一段的時候，他已經嗤之以鼻。

坦白講，我自己都搞不清楚。

那個禮拜五傍晚過後，我花了整整一個週末的時間，到書店去蹲了好幾個小時，除了看看愛情名家們寫的小說或是名言錄之外，在信紙以及信封的挑選上，我幾乎也花了一個下午。現在回想起來，我就連在做現在時尚編輯的工作時，我都沒有過這麼用心。

禮拜天的下午三點開始，我坐在書桌前面，一路寫到了半夜兩點。最終，我總算是完成了生平的第一封情書，算起來，竟然只有四行字，沒有超過兩百個字，但是信封裡面，我不但灑了點香水，加了點亮粉，還綁上小緞帶，如果以我現在的工作標準來看，主編瓊恩肯定會說：只重在包裝，內容文字卻乏善可陳，重寫!!

但，國中時候的我，可沒有那麼多時間瞎搞。

禮拜一上課的時候，我將情書夾在了書包裡面最厚的那本教科書當中，務必使它在傳到學長手中時，還成保持著一樣的平整。

只不過，為了不讓小孟感覺得到，我對這件事情有多麼心急，因此，禮拜一到了學校之後，我並沒有到她班上去找她，然而，她也沒有過來找我。

禮拜二亦然。

就這樣等到了禮拜三的傍晚，我依舊到了欄杆的地方，看著校隊練球的時候，我才看到了小孟的蹤影。

「……」我的眼睛盯著排球場，刻意讓自己看起來跟平常一樣。

「不用假裝了啦……情書給我……」小孟拍著我的肩膀，害我笑了出來。

「拿去。」我打開了書包，翻開那本重達兩公斤重的教科書後，將情書，交給了小孟。

「好，等我好消息……今天太晚了，禮拜五傍晚，我會和妳說情況如何的……」小孟笑嘻嘻地說著。

「蠢……不該交給她的，這個小孟，搞不好是個T……」大衛不但斬釘截鐵地判斷我的愚蠢，更說出了我心裡面，曾經有過的懷疑。

「你不要亂說啦，只是好朋友……」我雖然也懷疑，但，總是不喜歡大衛說話的口氣。

「那妳和我說呀，結果一定是失敗了，對吧……妳一定也不知道，那封信，最後有沒有交到學長的手中吧……」大衛拿著酒杯看著我的樣子，在這個時候格外地惹人討厭，但我也不得不承認，大衛說的話，有那麼一些可能性。

禮拜三的傍晚，我接近失眠。我開始有點擔心，那封信，會不會造成什麼樣的影響，會不會小孟根本沒有把那封信拿去給學長呢……

難熬的禮拜四，我知道，小孟不會出現，小孟就像是照著自己生理時鐘行動的人，時間沒到，她不會自己出現。

於是，我只能等待。聽不進任何禮拜五白天老師講的課，同學們和我聊天的內容，我也是一邊聽一邊出，這禮拜五的一整天，就像只是為了迎接晚上的祭典般，那樣地緊張。

然後，事情，開始有了點變化。就在禮拜五的傍晚，我一個人依舊站在欄杆邊看著排球隊的練習時，小孟，沒有出現。

我真的是急了。那個時代，沒有手機，我也沒有留小孟家的電話，可是，就算是有聯絡方式好了，像我這麼臉皮薄的人，也不好意思專程去問，小孟是否幫我把訊息，帶給了學長。

就在我一個人倚著欄杆，有如熱鍋上的螞蟻焦急時，更失控的場面發生了。當我不停地低著頭，踩著欄杆下的土，藉以發洩等不到小孟的著急時，我看著地面的視角範圍內，竟然出現了一雙穿著球鞋的小腿。

我順著球鞋，小腿，大腿，往上攀爬瀏覽的時候，赫然發現，黃克群學長，就站在了我的面前，距離，不到一公尺。而這是我從來沒有想過的事情，竟然，可以進入他的「結界」。

我看著學長，嘴巴顫抖著，連聲音，都發不出來。而學長看到我的樣子，似乎他自己，也緊張了起來。

兩個人，就這樣在他的「結界」內，對峙了好一會兒。終於，學長開口了。

「這個……請妳收下……裡面，寫得很清楚……」學長從他的口袋裡面，拿出了一封折好的信紙，我認得出來，那不是我寫給他的情書，也就是說，他並不是要拿我的情書來退貨，而是要給我，他的訊息。

小孟，成功了!?

我站在欄杆前，倚著。我相信，要不是身後有這麼根欄杆的話，我的身體，可能已經往後傾，並且直挺挺地倒在了地面。只不過，我的身體依舊僵硬，沒有多餘的力氣，讓我可以伸出手去接學長要給我的信封。

學長說完話之後，見我沒有任何的回應，自己也尷尬了起來，於是乎，他連忙地將他手中的信紙，塞到了我的手掌裡面。那一瞬間，我碰觸到了他粗厚的手指，心裡面的鼓聲，已經澎湃到不是人間該有的心律了。

學長面對著我，退了幾步，臉上露出了笑容，接著轉身，往排球場跑去，我則是，呆呆地，繼續站在了欄杆前。

大衛，又狠狠地喝掉了一杯紅酒。

「……我錯怪了那個什麼……小孟……是嗎？」大衛說。

我則是沉默著，不發一語。

「什麼意思？這樣兩個人都互相喜歡，不就可以交往了？妳不是就是要告訴我，這個男生，就是妳的初戀嗎？」大衛不知道哪根筋不對，講起話來的聲音變得很大。

我的回憶，一下子又跳到了那個禮拜五傍晚。因為，我打開了學長給我的信封之後，我的情緒，出現了完全翻轉的改變。

「心恬學妹妳好：

常常看到妳們在練球，也常常看到，妳在欄杆那邊看著我們在練球，再過一個月，我就要畢業了，我不得不掌握最後的機會，來告訴妳，我心中的話。

我很喜歡妳，想要和妳交往。如果願意的話，下個禮拜五傍晚，請繼續等在欄杆處，我會在練完球之後，過去找妳。

學長　薛文」

我恍然大悟。克群學長，原來是扮演著小孟的角色，幫忙傳遞訊息的，然而，我在當下緊張的卻是，小孟，到底給了學長情書了沒，如果沒有給，我得要趕緊制止她，如果給了，學長卻是這種反應的話，我也知道，答案為何了……

第十一話　差了一點點

收到了薛文學長的情書，讓我有點錯亂。的確，每個禮拜三和五的傍晚，我在看著校隊練習的時候，除了黃克群學長之外，薛文學長也是我每次都會看到的人，只不過，那是順便看到的，畢竟，薛文學長是校隊當中的舉球員，也是這支隊伍裡面的核心人物。

薛文學長，也不差……

我忽然，很訝異，自己的心裡面，竟然跳出了這樣的一個念頭，我懷疑起了自己對黃克群學長的感情，或是說，「愛情」這玩意兒，就是這麼脆弱的東西？

整個週末，依舊沒有小孟的蹤跡，我本來不期待會在星期三傍晚之前見到她，只不過，沒想到在星期一放學的路上，我遇到了小孟。

小孟嘴巴戴著口罩，看起來整個人的狀況不是太好。

「妳怎麼啦……幹麼搞成這樣？」我問。

「發高燒……感冒啦……從上禮拜四開始，我都沒來上課呀……」小孟隔著口罩，聲音悶悶地說著。

這樣一來，我大概就知道情況為何了，小孟根本還沒有把情書給克群學長呀，難怪克群學長當天可以這麼自然地，把薛文學長要給我的情書給我。

看著我的古怪神情，小孟笑了起來。

「別擔心，我已經交給學長了啦，妳的情書……」雖然隔著面罩，但我可以判斷得出，小孟在說這話的時候，臉上是在笑的。

「什麼時候？」我這下才急了。

「今天中午……」小孟說話的口氣像是在邀功，但她完全沒想到，上禮拜五傍晚發生的事情為何。

「今天中午??」我不太想相信這件事情。

「對呀，今天中午，我親手交給了他……」小孟繼續加強了語氣。很湊巧地，就在我和小孟在說這段話的時候，黃克群學長和一票排球隊的人走出了校門，而排球隊的隊員們向克群學長打了聲招呼之後，一群人便離開了，克群學長接著走向了校門口，一個身穿白色長裙的女生，就站在那邊，感覺上，兩人是約好的。

「那個是校花，李潔如……怎麼會這樣……」小孟在我耳邊輕聲地說著，我倒反而想問她，現在到底是什麼樣的情況。

克群學長和李潔如兩個人見了面之後，講了幾句話。我看見克群學長的臉上帶著笑容，然後兩個人並肩走著，就要從我們身邊經過。克群學長在靠近我一公尺左右的時候，發現了我，我們兩人的眼神凝視了兩秒鐘有，接著克群學長就尷尬地撇過頭去，我無法判斷，他心中的想法為何——因為，今天再見到我，已經是收到我的情書之後了……

大衛以為，他抓到學長的小辮子了。

「我懂了……妳那個學長，根本就是有女朋友，都是騙人的，就是要欺騙妳們這群無知的小女生，對吧……哈哈……」大衛這時候心情好了不少。

「他是有女朋友……不過……」我繼續說著。

我的心情，很沉重。在校門口的當下，我心裡的想法，也和大衛一樣，認為學長是假裝沒有女朋友，事實上，已經交往很久，否則怎麼會這樣巧呢……

那個禮拜一之後，我的心情更加複雜，除了要去想說禮拜五傍晚，是否要繼續在欄杆處，等著薛文學長走過來，還會不停地去想著，克群學長，到底是什麼樣的人，難道是我自己看錯人……就這樣，我不停地在這兩個男人的事件中翻滾，亂七八糟的生活，一直到了星期五的傍晚。

「……妳要接受薛文？」按照慣例，小孟也出現在欄杆邊，陪著我，這時候的小孟已經把口罩拿下了。

「……我不知道……只不過……在這個禮拜之前，我一直都只有喜歡人的經驗，卻沒有被人喜歡的經驗……我……有點好奇……」我說。

「可是，妳會想和薛文學長……永遠在一起嗎？就像妳想和黃克群一樣？」

「……永遠……聽起來……好久……」我沒有正面回答，因為當時的我，根本不知道答案是什麼，只不過，我心裡知道，我敢說出我想要永遠和黃克群一起，但我不敢說出，我想要永遠和薛文一起。

「……他們……好像快要練完了，我先走了，不當電燈泡了……」小孟說。

「嗯……」我的眼睛，還是盯著排球場，沒多久，我的耳邊沒了小孟的聲音，我知道她已經離開了。

排球場中的那群男子，開始收拾起球網，接著我看到了一個人影，緩緩地，從球場中，往我的方向走來。人影越來越清晰，越來越具體，我知道這人不會是黃克群學長，於是我的情緒，似乎一點變化都沒有。

沒多久，薛文學長站在了我的面前。

「妳好，我是薛文……」薛文學長的五官也很深邃，有點原住民血統的感覺，黝黑的皮膚，潔白的牙齒，整個人看起來，就洋溢著運動員般的陽光。

學長邀約我到校門口的冰店吃雪花冰，那曾經是我幻想著，可以和黃克群學長一起參與的行程，沒想到今天，身邊坐的卻是另外一個人。

「妳很喜歡一個人在欄杆邊看我們練球喲……」薛文學長一邊用湯匙攪弄著雪

花冰，一邊看著我問。

「不是一個人呀，還有另外一個女生，只不過她先走了……」我則是專心地吃著雪花冰。

「喔……那……妳們是喜歡看人練球？還是？」學長問的這句話，忽然讓我覺得有機可乘。

「喔，沒有，我朋友喜歡看黃克群學長殺球，她覺得克群學長很帥……」我偷用了小孟當藉口，想要問出些蛛絲馬跡。

「哈，那真可惜……克群才剛剛交了女朋友……」果然，學長立刻說溜嘴。

「這麼剛好？」我故作驚訝。

「對呀，好像是上禮拜四吧……就是上禮拜四放學的時候，有個女孩子拿了封情書給克群，克群從來沒有收過這種東西，超高興的他就這樣答應了對方，然後……我也才……想說……有樣學樣……就寫了封情書……給妳……」學長講到自己的部分時，也不免難為情了起來。但，我搞通了所有事件的先後順序後，我開始嘔了起來。

上禮拜三我把寫好的情書交給了小孟。小孟上禮拜四開始發燒，於是沒有第一時間將情書交給了黃克群學長，上禮拜四放學的時候，李潔如將她的情書交給了黃克群，於是薛文學長有樣學樣，在上禮拜五寫了封情書，要黃克群交給我，然而，小孟卻在這禮拜一中午，才將情書給了黃克群學長。

也就是說，如果上禮拜四小孟沒有發燒，在放學以前將情書給了黃克群的話，很有可能黃克群學長就會接受我，那麼，薛文學長知道了之後，也不可能再把他的心意，透過黃克群學長來傳達了。

因此禮拜一黃克群學長看到我的時候，心裡可能是很五味雜陳的……如果他一開始對我比較有好感，可是卻因為我慢了一步表達，促使他和另外一個女孩子在一起，他也會不好意思去做出任何改變吧……

時間上，就差了那麼一點……就差了那麼一點點……

第十二話　帳號

大衛靜靜地聽完我說的國中這段過去，到最後，似乎也沒什麼評論想說。

「……這……和詛咒沒關吧……純粹是無緣吧……」總算，大衛聽到我沒有和理想中的男生交往，他稍微地恢復了點理智。

「也許是吧……」我桌上盤子裡面的通心粉，已經差不多被我吃完了，只不過為了避免直接看到大衛的眼神，我還是低著頭，在盤子上用刀叉不停地搜索著。

「所以後來……妳有和這個薛文學長交往嗎？」大衛在意的，還是這事情。

我點了點頭。

「……妳們……到什麼程度……??」大衛將酒杯就口，眼睛雖然看著我，卻還是喝了一小口紅酒。

「……算初吻吧……我的初吻是和薛文學長一起……」我這時候頭低得更低，我知道，大衛對於這種事情，非常沒有抵抗力。

果然，原本就已經喝了一小口紅酒的他，索性把酒杯再度拿起，喝光了杯中所有的液體。

「妳不是不怎麼喜歡人家，怎麼還可以接吻呢……??」大衛的口氣，讓我想起了電影裡面律師對被告的質詢。

我不知道每個人開始交往男朋友的時候，都是怎麼樣做選擇的，只不過，當身為校隊隊長的薛文學長開始對我好的時候，我也不禁起了點虛榮感，我甚至這樣對小孟說。

「原來……被別人喜歡，比喜歡別人來得快樂的多……」

小孟的表情很是詭異，我知道，她不喜歡我和薛文交往，只不過，我也說不出來任何不交往的理由。

一個月後，三年級的學長們畢業了，我和薛文學長的交往，也在畢業典禮那天晚上的接吻之後，結束了。

「那種濕濕黏黏的感覺，我有點不喜歡……也有可能，是因為對方是薛文學長，如果是克群學長的話，可能一切就不一樣了……」我對小孟這樣說。

只不過，有別於當初我們投遞情書時，在時間上的默契。當我和薛文學長分手之後，我聽到的消息，就是校花李潔如，並沒有和黃克群分手，聽說兩個人感情很好，還相互約好了要上同一所高中。

我沒有死心。我知道，我心中的某個地方，還在渴望著哪一天，克群學長和李潔如分手，這樣一來，我就可以有機會，和克群學長交往。經過了和薛文學長交往的一個月，我有經驗，我知道，要怎麼樣對待男朋友，才是真正的交往。

在我們這種小地方，大家上的學校都差不多，只不過，小孟並沒有和我上同一所高中，她反而因為家裡的關係，去上了一所比較遠的學校。

話雖如此，我們每個禮拜的三和五，還是會約在一個地方見面，也許去吃吃雪花冰，也許去逛逛街。

「妳還想著黃克群？」高一的某個禮拜五晚上，我們在街上閒逛的時候，小孟不經意地問著我。

「嗯……我知道，李潔如還在和他交往……但我不知道，要怎麼樣有機會和學長接觸……」說話的同時，我正看著櫥窗裡面擺設的聖誕節陳列。

「妳不能直接去找人家，太明顯了，就算那個學長真的對妳有意思，他也會顧慮說，他自己有女朋友，所以不敢和妳太接近呀……」每次聽小孟講這種感情的事情，我就會覺得她超齡，而且，超越性別。

「那我該怎麼辦？」我相信小孟已經有想出方法了。

根據小孟的說法如下。黃克群與李潔如現在分別在不同的學校裡面，可是他們還能保持聯繫，維持感情，一定是用網路（高中那時候，網路已經開始普及），所以呀，我應該要想辦法，得到黃克群的通訊軟體帳號，然後利用網路，好好地與他培養感情，到最後，才可以有機會和學長在一起。

經小孟這麼一說，我才真的忽然想到，的確，因為我和李潔如還是在同一間高中，我總是會在中午休息時候，看見她跑去電腦教室裡面，使用電腦，現在想起來，那一定是她和學長維持感情的最好機會。

在描述這一段經過的時候，我有點不好意思講得太清楚，畢竟這事情聽起來，有點像是在搶人家男朋友的感覺，只不過，我只會對克群學長有這種念頭，其他人，我都寧願順其自然。

我抬頭偷看了一下大衛，大衛只是盯著我看，並沒有講話。於是我繼續說了下去。

在和小孟逛街之後的某一天中午，我在電腦教室邊，等著李潔如的出現，果不其然，她很快地走入電腦教室，並且選擇了一個位子坐下。這時候的我，也悄悄地走到她身邊的位子，開了電腦。就在李潔如使用通訊軟體在與某人對話時，我刻意地叫了她。

「同學，我這台電腦好像怪怪的，妳可以幫我看一下嗎？」我的臉上堆滿了笑容。

李潔如探頭看了看我的電腦，不是十分確定地說：

「電腦怎樣，沒有什麼問題呀……」

「我想要叫出通訊軟體，可是我找不到……我可以和妳換一下電腦嗎？我看妳的電腦已經叫出通訊軟體了……不好意思，我電腦很笨……」

「……好吧……」李潔如看了看螢幕之後說。

「我幫妳登出，我自己再登入……這樣我就會使用了……」我趕緊移至李潔如原先使用的電腦，偷偷地記下了畫面上的視窗裡面，對方所使用的帳號。

Volleyball15。

沒錯了，我確信這是黃克群學長的帳號，因為他在國中校隊裡面的球衣背號，就是15號，加上前面的排球英文單字，以及李潔如這麼親密的對話記錄，我無須再懷疑。

大衛的紅酒瓶，又空了。我很難估計，如果照這樣聽我講下去，他需要喝幾瓶紅酒，才有辦法鎮定。

「妳為了這個黃克群，怎麼像是什麼事情都做得出來？可是好像為了我，妳就沒有那麼大的能量……」大衛說得酸，我卻只能充耳不聞。

在得到了黃克群學長帳號的那天中午，我看了看電腦螢幕上顯現的日期。四月三號，我記得很清楚，因為從那天開始，我和這個帳號，展開了深度的聊天。

第十三話　Volleyball115

其實在當天中午，我就已經開始和Volleyball115交談了。也就是說，當天中午，我和李潔如坐在同一間電腦教室裡面，兩個人比肩而坐，但是通話的對象，卻是同一個男生。

我先加入了Volleyball115這個帳號，很快地，他也加入了我。

「請問……我們認識嗎？」對方說。

「應該不認識……」我並不想讓他知道我是誰，我希望的是，如小孟所說，先確切地了解彼此之後，再讓學長知道，我就是那個國中時期，一直倚靠在欄杆邊看排球隊練球的女生，這樣的話，應該會更有印象。

就這樣，我們避開了彼此的身分問題，開始用著代號，閒聊著生活。畢竟，我國中時期也是排球隊的隊員，因此對於排球的一切，我相信，我懂得比李潔如多很多，在這方面，我們聊得非常地愉快。

也許也因為對方是學長的緣故，因此不管任何的話題，只要是他開啟的，我都會非常有興趣地接著下去。

「我覺得，和妳之間似乎什麼都可以聊耶……」於是，學長打出了這樣的字句。

「你和你女朋友不行嗎？」在撐了一個禮拜左右，我終於不小心說出了這句話。

「妳怎麼知道我有女朋友？」於是學長也感到疑惑了起來。

「像你們排球隊的，一定都很受歡迎，一定都很多女生喜歡的呀……」我只好自圓其說。

「我女朋友……嗯……她很嬌啦……也不喜歡排球，總是要和我聊什麼衣服、化妝的，我根本就不懂……」我印象很深，因為這段話之後，我逐漸地切入了學長的心防，因為學長和李潔如之間，的確有著問題。

就這樣又過了兩個禮拜之後，某一天，學長說出了令我驚訝的話。

「我好喜歡和妳聊天，甚至想要和妳交往……我們……可以交往嗎？」運動員非常地直接，雖然把我稍微地嚇到，但是這不就是我希望的結果嗎？

於是乎，我們決定約在我的學校後門口，但是為了避免兩人認不出對方來，我們決定帶一本書，作為相認的信物。（事實上，我怎麼可能認不出他來，黃克群學長的長相，我都已經不知道複習了幾萬次了。）

我看過的書不多，於是，我說了要帶H的創作《未來，我是你的老婆》。就這樣，我們決定在四月底，相約見面，很有可能，克群學長在見到我之後，會決定和李潔如分手，直接和我交往。

「帶什麼H的書……一點格調都沒有……好歹也要帶些文學名著什麼的吧……如果是我的話，我一定會帶……《基度山恩仇記》之類的……」不出我所料，大衛在這個地方一定會有意見，我知道他有意見的，不是帶什麼書去見面，他在意的，還是這個即將和我交往的男生。

「……你……想聽我說完嗎……」對於大衛屢屢打斷我的故事，我其實也開始有一點不耐煩。

大衛故作瀟灑地舉起了酒杯，做了個「請繼續」的手勢。

在這個地方被打斷使我的情緒不佳是有原因的。因為這事情，並沒有想像中的順利。

那一天，是禮拜五。我推掉了和小孟固定的約會之後，我帶了前一天在書店買到的書，抱在了胸前，然後，靜靜地，站在了學校的後門口。

沒多久，陰暗的天空開始降起了雨水，接著雨滴越來越大，越來越快，我站在門口，竟然找不到一個可以遮擋的屋簷，很不巧地，或者該說很巧地，李潔如撐了把傘，正要往後門走出。

她一眼就認出了我。

「ㄟ同學……上次在電腦教室的同學……妳沒帶傘呀……??」李潔如很好心地

將她手上的傘，擋住了我頭頂上的雨水，我們兩人就在一把雨傘下，但我的心，這時候卻不知名地緊張了起來。

「沒關係……我等人……應該一下子就到了……」我話說出口後，就後悔了。

「這樣呀，那我陪妳等一下呀……不然妳這樣很快就全身淋濕了……」我從不知道，李潔如對人也這麼好，也許，我對她的印象是錯的……

「沒關係……應該很快就到了……」

「對呀那沒關係，我陪妳站一下……」

我瞬間找不到任何藉口搪塞了，心裡頭只盼望著，學長這時候不要來，剛好發生意外，或者是有任何事情都好，千萬不要在這個時候出現。

後門口的人來來往往不少，不過因為下起了雨，大家的手上都拿著把傘，就算經過了，也不見得看得出來誰是誰。我心裡暗自祈禱著，希望學長的眼睛銳利點，走過來的時候如果看到了李潔如在我身邊，就趕緊把雨傘壓低，快步走掉吧。

其實時間過了不久，但我著急的心裡，卻感覺時間過得有如烏龜行步那般地緩慢，另外有種可能可以避免掉這樣的尷尬，那就是雨趕緊停了，李潔如應該就會離開，這一切就都沒有任何問題。

也許上天聽到我的呼喚了，兩分鐘過後，雨水打在傘上的聲音變小了，逐漸地，逐漸地，看不到有雨水的滴下。

「啊雨停了，同學，謝謝妳陪我等，現在沒關係了，我可以自己等……」就在我的話沒說完的時候，有一個高大的男子，拿著雨傘，頭低低地走到了我和李潔如的面前，我的心臟，幾乎快要停頓。

男子的動作不快，停在了我們面前時，他將手伸出了傘外，探了探天氣，發現沒有下雨了，這時候，他準備收起他的雨傘，我緊張到不知道該如何動作。

傘一收，我看到了這名理著平頭的男子的臉，我真的是吐出了一口好大好大的氣。

不是黃克群學長。

就在我慶幸著我認錯人的時候，李潔如忽然開口了。

「你怎麼會在這邊？你來找我？」

高大的平頭男子收起了雨傘之後，被李潔如的聲音嚇得退後了一步。

「妳……潔如……我……」很顯然，平頭男子並不是要來找李潔如，而且他並沒有預期會在這個地方看到李潔如。

這時候的李潔如像是發現了什麼，眼睛頓時銳利了起來。

「《未來，我是你的老婆》??你帶著這本書幹什麼？」李潔如的話一說完，立刻意識到我的手上，也抱著相同的一本書。回過頭來，盯著我胸前抱著的書本，然後像是了解了什麼似的。

「你們……你們兩個……帶著相同的書是什麼意思……」李潔如這時候說話的口氣，讓我發現了情況不對，因為，聽起來，這名平頭男子雖然不是黃克群學長，卻似乎是李潔如現在的男朋友，也就是我一直在交談的對象。

「劉問明，你劈腿？對嗎？你和我交往不到一個月，你竟然就劈腿……」李潔如當場在學校的後門，開始發飆了起來，我將心比心，如果我的男朋友只交往了一個月就劈腿，我想我也會這樣吧……

但，只交往一個月……??

我似乎發現了問題的重點……於是我顧不得李潔如的嘶吼，我必須釐清我的疑慮。

「所以……妳上一個男朋友交往到什麼時候？」

「我和黃克群交往到三月底，為了這個傢伙我才和他分手的呀……沒想到你竟然……」

「Volleyball15??」這背號，不是黃克群學長國中時期在校隊的號碼嗎??

「對呀，因為我在高中校隊的背號就是15呀……」

陰暗的遠處天空忽然響起了雷，好像老天爺在嘲笑我一般，搗著嘴偷偷笑著，如果我和小孟的計畫，早個幾天實行，我要到的帳號，應該就會是黃克群學長的帳號，就這樣慢了幾天，我約到了別人，我變成了別人的第三者……

時間上，就差了那麼幾天……

第十四話　大學生了沒

大衛的臉上，總算是露出了笑容，似乎只要我描述的事情不夠順利，就可以得到他的青睞。

「哈哈哈……所以說，妳真的是有受到詛咒……每一次都是時間上差了一點……因此錯過了你最喜歡的人？」大衛一邊搖著頭，一邊說著。

我並沒有很想回應他，因為這些過去，我本來也就不想拿出來說嘴，畢竟，沒有一次是讓我稱心如意的。

我向服務生要了甜點，我知道，我的故事，也慢慢地說到了後半段，我得要開始替我的故事結尾，做一個好的鋪陳，下一個完美的句點。

「結果那個平頭男，妳有交往嗎？」

「嗯……後來高中那兩年，都和他在一起……」這答案肯定不是大衛想聽的，我知道大衛希望的是，我一直以來都沒有交男人，最後才和他在一起。

「那……你們一定很合了……都喜歡排球……」

我並沒有搭腔，因為我知道，在那段時間裡面，我把我的第一次給了他，而且，對於運動員來說，他們的精力旺盛，我的青春愛情，竟然有百分之九十五的時間，都花在性愛上頭，那是我第一次了解到，性愛，對男人而言的重要性。不過也因為那樣，他的需求，最終，還是需要找到我以外的女人填補，在那之後，我對於性需求強烈的男人，皆列為拒絕往來戶。

當然，以上的篩選條件，我並沒有在大衛面前說出來，因為我並不想要節外生枝。

「這樣聽起來……妳的故事，應該就是要進入大學生的階段了吧??」大衛看起來，興致高昂了些，也許他知道，很快地，故事就會進入到他的階段。

我點著頭，看著前方四十五度角的地方，服務生正拿著我愛的提拉米蘇走過來，我決定，要在嚐一口我愛的甜點之後，再開始描述這最後一段故事。

服務生將提拉米蘇放在了我的面前，我用拇指與食指，輕巧地使用著吃甜點用的湯匙，挖了一口，放進了我的口中，一種幸福的美味，就這樣在我的嘴巴裡面擴散開來，我覺得，吃甜點是人生中最美味的時刻了。

上了大學之後，很多事情都變了。包括了我原本看起來是個愛好運動的美少女，也開始有了轉變。我試圖讓自己更美麗些，於是鑽研起了化妝、時尚流行等雜誌，在高三那年，我忽然意識到，李潔如喜歡和劉問明聊這些東西，一點也不奇怪，怪的反而是我當年，竟然滿腦子都在想著排球，如果要做一個比較合理的解釋，我只能說，那都是因為黃克群學長的影響吧。

於是我上了服裝設計系，也沒那麼刻意，但，我希望自己在打扮這方面，可以變得更流行，更不想讓人家覺得，我的童年，是在那麼庸俗的地方成長，我的學生時期，都在運動場上度過。

不過最大的變化，應該是我和小孟失去了聯絡，這個我認為是從小到大最好的朋友，就這樣一聲不響地，不知道上了哪一間大學。也或許是大學生的生活的確比較有趣，一時之間，我也不太在意是否少了個朋友。

另外，我則是失去了黃克群學長的下落。自從他和李潔如分手之後，我就再也不知道，他到哪裡上學，或者是發生任何事情了……

從這段時期開始，我的生活就像是個正常的大學生，聯誼，課業，社團，各種該玩的事情，我都參與了，唯獨一件事情，我沒有在大學時期碰到。

那就是男朋友。

或許是因為失去了黃克群學長這個目標，上了大學之後，我看每個男生都順眼，但卻沒有一個會激起我當年對克群學長那樣的感覺。直到大三那年。

大衛也叫了一客甜點，他用力地將湯匙插進了草莓冰淇淋之中，然後挖掉了將近一半的分量，放進了自己的口中。

「哈……果然是大三那年……果然……」大衛很得意地笑著。

為了防止他在我說這段話的最後關頭打岔，我決定使用另外一種描述的方法，也就是我只描述事情經過，並不去描述我當時的內心感受，我想這樣子的話，大衛才會讓我把整個故事說完。

在大三那年，我開始對其他系上的課程有了興趣，尤其是攝影的課程，我特別喜歡，於是，就在那年，我選修了外系的課程，想要好好的學習攝影。

時間差是很奇妙的一件事情。

當那個課程第一天開始上課的時候，我竟然睡過頭了，於是就在當天早上，鐘聲響起的十分鐘後，我才姍姍趕到教室外面。我透過了窗戶的縫隙往裡面看，才發現這門課的學生實在是太多了，幾乎座位都已經坐滿，我在外面看了很久，好不容易在最後一排的中間，發現了一個位子。我低著頭，從教室後面的門悄悄地跑了進去，打算就這樣一屁股坐在空位上，卻沒想到，另外一邊也有一個人低著頭，從前門竄了進來打算搶這位子。

於是，我們兩個人就像是玩「大風吹」一般，兩個屁股擠在了同一個座位上，這下子當然是瘦弱的我吃虧，被對方撞得跌落在一旁。而這麼一來一往發出的聲響，早就惹得整間教室的老師和同學回頭看了。

我坐在地上，屁股痛得厲害，這時候旁邊一名瘦高的男生出現，伸出了手，在教室的日光燈下，他的臉，看起來非常秀氣。

「妳沒事吧……」男生試圖用他的手將我扶起，我看著他，我滿臉的尷尬，畢竟遲到進教室就已經是一件很冏的事情了，搶不到位子還被撞倒在地上，更是令我無地自容。

「哈哈……我就知道當時妳對我的印象很深刻……」大衛笑著。

沒錯，當時那名伸出手扶我起身的男人，就是現在坐在我對面的大衛，只不過，我真正的故事裡面，大衛，並不見得是第一男主角。

當我被大衛扶起，我第一個念頭感到尷尬，第二個念頭則是想要臭罵那個和我搶位子的男生。我直覺告訴我，那一定是個男生，因為女生的力道沒有那麼重。

「一定要這麼凶嗎？」我對著那名已經坐在座位上的男生叫著。

只見那名男生站了起來，緩緩地回過了頭看著我。

「不好意思，這位子，給妳坐吧……我剛才沒看到妳也衝進來……」男人的聲音，既溫柔，又好聽，重點是那五官，我從未想像過，男人的五官，可以長得如此精緻，眼神，如此有精神。

「阿男，都是你的錯……快把位子給人家坐……」大衛在一旁吆喝著，顯然，他們兩人是認識的同班同學。

「沒想到妳記得很清楚呀，我們第一次見面的情況……」大衛開心地挖著他盤中剩餘的冰淇淋，嘴角不停地上揚著說。

只不過，我並沒有描述我當天的心情。因為，那個叫做「阿男」的男人，點燃了我心中熄滅以久的火燄，我知道，那就像是看著黃克群學長在空中伸展身體，重重地將右手朝排球甩下去的力道一般。

「乒!!砰!!」

我喜歡這個男人，這是當天我跌倒站起來之後，第一個竄進心頭的想法。

第十五話　故事的結局

「故事說到這裡，我想我大約都了解了……因為接下來的事情，就是你我之間發生的事情而已……我們還是來想想，等等吃完晚餐後，我們要去的下一個地方是哪裡吧……」大衛舔著那已經沒有任何冰淇淋的叉子，一雙眼直看著我說。

只不過，我鋪陳了整晚的故事，現在，才是壓軸。

「我還沒說完，你就聽我把這一段說完吧……也許我們之間，和你想像的……有那麼點差距……」我說。

大衛張大了眼睛，似乎一直到這個時候，他才察覺到，我今天是有所企圖的。

我知道了那男生叫做阿男。身高一百七十七公分，體重六十四公斤，和大衛一樣，都是英文系的學生，只不過，和大衛不同的地方在於，阿男是班上的獨行俠，喜歡攝影，不是像大衛那樣，只是想要靠攝影與女孩子搭訕，阿男是真的喜歡攝影，會為了捕捉日出的鏡頭，等在田野間半天的那種人。

阿男的五官雖然精緻，但是卻留著一頭長髮，尖銳的下巴上，有著似乎怎麼修也修不乾淨的鬍渣，雖然那時候才大三，但他整個人，已經充滿了藝術家的氣質，似乎也早已經決定了他往後的人生道路。

那天在攝影的課堂上，阿男說完話之後，便瀟灑地離開了教室，而我，坐在了那個空位上，隔壁坐的人，正是大衛。

大衛一直很細心地問我，有沒有帶課本，有沒有學過攝影，需不需要幫忙之類，只不過，我那天的課，完全沒心思上，更別說大衛在我耳朵邊說的那些話，我只希望，能夠有再一次的機會，和阿男見面。

很自然地，我認為，唯一的管道，就是身邊的大衛。

「大衛……你們英文系，應該有很多有趣的課程吧……」我問。

「是有些啦，當然也有一些比較沉悶的課程，例如……西洋文學史概論這種課……」

「這是必修的嗎？」

大衛點點頭。我的心中也點了點頭。

「我對這方面很有興趣……下一次，你可以帶我去上課嗎？」我問的這個問題真的是白問，因為大衛根本就是求之不得的表情，只不過，就像這頓晚餐一樣，大衛永遠都不知道，我的心中，打量的是什麼事情。

西洋文學史概論在隔天就有課，於是我和大衛約了在文學院的門口，打算一起進到教室裡去上課，對於大衛來說，多帶了一個女同學在教室裡面旁聽，似乎讓他驕傲不少。

只不過，當我踏進教室內之後，我就知道我錯了。

教室內的學生很少，更別說，會看到阿男的影子了。

「……這堂不是必修的課程嗎？為什麼人這麼少呢？」我好奇地問。

「是必修的呀，只不過很多人大二就被當了，因此順利來修大三課程的人不多，很多人都重修了……包括那天撞到妳的阿男……哈哈……那傢伙超混的……」大衛似乎認為這樣的事情會貶低阿男，而提升自己的價值，只不過聽在我耳裡，只會覺得又是一次可惜罷了……

現在回想起來，我覺得，似乎就是這一次之後，我漸漸地，認命了……

要不是藉著這次要告訴大衛這麼一大段往事，我可能也沒有機會整理自己的過往的感情，而當我這樣一路敘述下來，我發現，就是這堂課，讓我斷了念頭……

月老也好，愛神也好……可能我在冥冥中得罪了你，而我也真的認輸了，從國中開始的黃克群學長，一直到了高中的時間差，現在就算克群學長不在了，我換了新的對象，似乎也總是無緣聚首……我只能說，你贏了……

但，我還是將所有的事情，押注在某個點上，我沒有放棄。就在我上了一整年的西洋文學概論之後（內容之艱辛，絕對不是常人可以想像……）我竟然才驚覺到，我應該，有個地方，還可以與阿男見面……

既然阿男是個這麼喜歡攝影的人，那麼學校裡面的攝影社，就肯定不會少了他的存在，搞不好，他還是個攝影社的社長之類的角色呢。

在英文系旁聽的這段時光中，我很可以感受到大衛對我的好感，而我，卻也這樣敷衍他整整過了一年，也許我心中下了個決定，最後的希望如果破滅的話，我就真心認命，任由那可惡的愛神擺布。

於是，大四一開學，我立刻到了攝影社，準備要入社。在那裡，我見到了幾個學弟妹，正在社團辦公室招生，打算招攬大一新生，加入他們社團，卻沒想到，出現了我這麼一個老齡的學姊。

「我想要入社……」我說。

「……ㄟ……學姊應該是大四了吧……」學弟的臉色有點奇怪，不過我也能想像，誰會在大四的時候，還來申請加入社團呢？

「是又怎麼樣……」

「沒……沒事……請填報名表……」學弟不明就裡地拿出了入社的報名單給我填，我在寫著自己的個人資料時，故作不經意地問著：

「請問……你們的社長是誰呀……」

「喔……是英文系的阿男學長……」學弟回答得很快，我的心也跳得很快。果然，和我想的完全一樣，早知道我應該在大三就加入社團，也許現在我和阿男，已經是很好的朋友了呢……

「不過……今年可能不是了……」在我心花怒放之後，學弟冷冷地補上了一句。

「什麼意思？」我填寫資料的手，停了下來。

「……阿男學長因為曠課太嚴重……被退學了……」學弟的話說完的同時，我的個人資料剛好填到最後一欄。「來參加社團的原因是：朋友介紹，興趣使然，看到海報，其他……」我在「其他」的選項上面，劃了個大圈圈。

就在我填完資料之後，大衛大搖大擺地走進了社團辦公室，看著我手上拿的入社資料，開心地笑了。

「原來妳跑來加入社團了呀……也好……以後我們可以一起拍照呀……」我硬擠出了笑容，掛在自己臉上。我不是第一天認識大衛，大衛連光圈是什麼都不知道，更不要提什麼取景的天分了……對他來說，攝影只是一種用來接近女孩子的話題罷了，而我，在這一天之後，徹底地，放棄了……

沒多久，大四那年的秋天，大衛提出了和我交往的要求，我想也不想，就接受了。事實上，接受了大衛之後，並沒有想像中來的痛苦，大衛對我好，言聽計從，不管我想要如何，他都會盡量配合，和他在一起，除了生活公式化，少了點浪漫，沒有什麼激情，心跳不會加速之外，其實，一切都好，一切都好，只不過，時至今日，我真的了解到，我做了這樣的決定，對我的生活，也造成了重大的影響。

坐在我對面的大衛，這時候的嘴巴幾乎是闔不起來的，我相信，就他的立場而言，從他對朋友間描述我們的邂逅，就像是小說般的愛情故事一樣。我闖進了課堂，跌倒，被他扶起，接著很自然的，我和他有著共同的興趣，先是從西洋文學概論開始一起上課，到後來，我更是貼心地在大四的那年，偷偷跑去報名攝影社，只為了與他多一點相處，因此他順理成章地表白，我們幸福地開始交往。

殊不知，我因為一路下來，永遠得不到最愛的那位，最後總是退而求其次地與另外的男生交往，到了大衛，更是完全放棄……

而這樣的愛情，就在最近的日常生活當中，我了解到了自己的問題，我深切地，發現了自己的問題……

我不敢追求最愛了……

「大衛……這樣你懂了嗎……因為我不敢追求真愛了……所以，我和你在一起了……」這時候的我，不再低著頭，而是正面地看著大衛。

反而是大衛的眼神，時而看向盤底，時而看向服務生，他不知道自己在這個時候，該如何自處……

「……那……那……為什麼……要在今天……和我說這些事情……??」大衛在大腦紊亂過後，他那擁有許多SOP流程的腦子，終於幫助他擠出了這樣的一句話。而這個問題，也正是我精心安排，希望他說出來的。

「因為……我見到了黃克群學長……我下禮拜一，要和他開會……」我說得鏗鏘有力，每講一個字，我就越興奮。

「……所以呢？」

「所以我要找回自己的信心，我要再一次追求真愛，這一次，絕對不讓學長走掉……因此，我必須要和你分手，請你諒解……」最後幾個字說出來之後，我的腦海中，忽然浮現了小孟替自己鼓掌的畫面，我相信大學時期她不在我身邊，一定會對於我和大衛交往了這麼久，感到可笑吧……

大衛低著頭，一言不語，我心中帶著點愧疚，卻無法不下這樣的決定，我認為，我必須要挑戰命運，不可以讓別人決定我的人生。

我站了起來，拿起了自己的皮包。

「不好意思，這一次就改變一下你的SOP，讓我來付帳吧……」隨後，我離開了座位，走到了櫃檯，結束了這頓晚餐。

結束了這段感情。

第十六話　她是，小孟?!

走出餐廳後的我，心情是愉快的。我知道這樣草率地結束了一段感情，對另外一個人來說，不是好事情。只不過，原本就草率地開始了愛情，我認為才是我當初犯下最大的錯誤。

如今，有一個大好的機會，讓我可以和我心目中的學長黃克群見面，這樣大的誘惑，我相信足以迫使我去做任何一件事情。

事實上，在我描述了從國中開始的每一段錯過的感情之後，其實，我自己在心中也複習了那幾段陰錯陽差而得來的感情。

國中的排球隊隊長薛文，一個雖然和黃克群有著相同氣味的男生。我曾經以為，隊長和副隊長差異不大，我曾經以為，舉球員和攻擊手反正都是排球隊員，我曾經以為，我和薛文在一起，或是和黃克群在一起，應該不會有差別。然而，那個第一次的接吻讓我徹底了解到，愛上一個人，和交往一個人的差異，黃克群，就是黃克群，少了一根他的頭髮，我也無法喜歡。

接著和劉問明也是類似的情況了。那麼樣大的生理需求，那麼強烈的占有慾，讓我了解到，我要的男人，是什麼樣的男人，甚至也間接幫助了我，擺脫了運動系的生活，進而邁向了流行系的世界。

最後結束的這一段和大衛的感情，其實說起來，我是有點不捨的。不捨的原因不是因為我愛大衛，而是因為大衛真的是個不錯的男人，我曾經想像過，如果今天我已經年過四十歲，我可能會扒著大衛不放，因為，他真的是個理想型的丈夫，可是我現在，並不想結婚。

然而分手最大的原因，在於最近這幾件事情下來之後，我終於知道自己的問題發生在哪裡。我需要改變過去的我，重新去追求屬於自己的個性，不應該對於真愛畏懼，或是對於美好的事物，望之怯步。

而我認為，要破除這一切，我就必須先從男朋友下手，我需要斷了這種退而求其次的妥協，開始去追求，真正屬於我自己的最愛。

目前，第一步已經踏出，我離開了餐廳，正走在大馬路上，我期待著下禮拜一的到來，期待著和那個什麼數位什麼鬼集團的人開會，期待著與黃克群學長見面。

走著走著，某個百貨公司的櫥窗吸引了我，那是因應聖誕節到來所布置的櫥窗，而櫥窗裡面，放了一條非常漂亮的圍巾。

我走進了店內，在店內的架上找著，希望可以找到櫥窗上陳列的那條圍巾，就在我逛完了兩個區域，看到了我要的東西就在眼前的時候，我打算拿起的圍巾，另外一邊卻像是有人也拉著。我第一個反應就是，有人要和我搶這條圍巾了。

我的眼睛射向了圍巾的彼端，沒想到那個熟悉的臉孔，活生生地出現在我眼前。

「……小姐，好像是我先拿到的唷……」依舊是一頭短髮的小孟，俏皮地拉著圍巾，兩顆圓滾滾的大眼睛，帶著笑意地看著我。

「小孟……」我幾乎是尖叫了出來，因為從上了大學之後，我們兩人就沒再見過面了。

小孟張開了雙臂給了我個大大的擁抱，一瞬間被小孟抱住，我感到從未有過的溫暖，而那溫暖之中，又像是帶著點特別的情愫。

不知道是我自己想太多了還是怎樣，抱了幾秒鐘之後，我微微地將小孟的手推開，讓兩人呈現一個比較正常的交談距離。

「多久了呀，我們多久沒見面了呀……」我緊緊握著小孟的手。

「上大學之後就沒見到面了……算一下，大概有七年了吧……」

「真的耶……」我看著眼前的小孟，不知怎地忽然有點詞窮，可能是小孟現在的造型太過帥氣，甚至亮眼得讓我有點不能接受。

小孟的頭髮和小時候一樣依舊是短髮，只不過後面推得很高，前面的劉海留得很長，看起來就像是帥氣的傑尼斯偶像，如果我是第一次見到小孟的話，我肯定會懷疑她是個女同志。

「怎麼了……一直盯著我看？不認得我？」小孟被我看的有點不好意思了起來。

「不是……就覺得妳……現在怎麼這麼帥氣……」我知道我對那方面是沒有興趣的，只不過看到小孟這樣，我反而有點擔心，如果小孟真的是T的話，那麼從小到大一直和我這麼好的她，豈不是對我……

「……怕會喜歡我……??」偏偏小孟又喜歡講這種話。我一聽，臉不自覺地紅了起來。

「開玩笑的啦……走啦，我們去找個地方聊聊天……」隨即小孟牽起了我的手，我放下了手上的圍巾，和小孟一路走出了商店。

夜晚的東區有許多選擇，我和小孟兩人從小都在家鄉長大，很難得在這樣的年紀，可以在台北見面，自然是有很多話可以說。

我們在敦化北路後面找了家巧克力專賣店，坐了下來。

「妳現在到底是做什麼呀，為什麼打扮得這麼新潮，還有妳大學到底是跑去哪裡讀了，怎麼一點消息都沒有……」我的手上拿著攪拌棒，不停地在冰巧克力裡面攪和著。

「我在做網路工程師呀……專門寫程式……任何一種需求，我都可以寫成一種程式，然後讓人們使用……」小孟說得輕描淡寫，但我知道，這個工作要做好，可不是件簡單的事情，我瞄了一下她放在餐桌旁的電腦包，不停地點著頭。

「真好……這工作聽起來很高階耶……不像我……做那苦命的時尚編輯。」我嘟著嘴巴，繼續攪拌著冰巧克力。

「那很好呀……時尚編輯，和妳小時候完全不同呀，妳真的是脫胎換骨了……對了，妳現在有男朋友嗎？」小孟話鋒一轉，頓時讓我緊張了起來。

「……現在……!?沒有……剛分手……要幹麼……??」現在這麼帥氣的小孟一開口就問我有沒有男朋友，害我的心頭，起了不小的漣漪。

「要幹麼??沒幹麼呀……因為在我現在上班的地方，我認識了一個好男人……」小孟講到最後幾字的時候，看起來有點得意。

「誰??小孟!!妳交男朋友了?」我尖叫了起來。

「我交了女朋友還差不多……」小孟說。

小孟這話似乎在對我宣告，她的真實性向，害我心頭一震。

「那……不然是……怎樣……??」我結巴了。

「一個好男人，當然是要介紹給妳的呀……不然勒……??」小孟接著我的話說。

「哈哈，原來是這樣……不需要，不需要……」我算是鬆了一口氣，只不過，看著小孟那一副替我打聽到好消息的得意神情，讓我心中湧出了一股小小的罪惡感，我還以為小孟是用著異性戀的感情對我，沒想到，小孟自始至終，都在替我著想，就怕我身邊，沒有好男人。

「看妳這樣子……像是有什麼好事情……對吧……」小孟笑著。

「妳知道，我上禮拜，遇見誰了？」我把頭往前探，低聲地說著，像是深怕被別桌的人聽見一般。

「誰？」小孟也配合起我來，將身子往前傾，兩個人交頭接耳著。

「黃，克，群……」我一個字一個字地說著。

「不會吧，妳又碰到他了？」小孟大叫。我趕緊把手指放在嘴唇邊，要她把音量放小。小孟掩住嘴，看了看四周。

「這一次有機會在一起了？」

「我希望呀……能夠在這個時候碰到妳，我想，應該是再續前緣的時機到了……」我一個人看著窗外，自己幻想了起來。

照這樣子看起來，我的詛咒應該是被解除了，接下來只要禮拜一下午的會議順利進行，就會成為，我和黃克群學長這輩子當中，最重要的一天……

我期待著……

第十七話　誰是蔡小玉??

禮拜一的早上通常是難熬的，只因為編輯會議的展開，要面對總編輯雪兒姐的詢問，以及各個編輯提出的優劣企劃案比較，一個不容易，就會變成眾矢之的，被批得體無完膚。

但是這一個禮拜一對我而言是特別的。我壓根不去在乎，早上的會議會有什麼樣的進展，因為我已經把全副心力，都放在下午的數位內容的會議上，我準備了好大一份資料，準備爭取到這個和對方合作的企劃案。

爭取到我下半輩子的幸福企劃案。

我認為，這就是我和大衛分手之後，踏出大轉變的第一步。如果說，禮拜一下午的數位內容會議是真愛的話，那麼早上的雜誌編輯會議，應該就等於是排在第二位的順序，也就是說，我終於，破除了我這一生中一直以來的宿命，朝向真愛邁進，而非屈就於第二順位了。

這天早上，我很早就到了。通常編輯們進辦公室的時間大約是十點左右，不過我今天可是九點不到，就已經踏進了辦公室內，拿著熱騰騰的星巴克，準備迎向我光明的一天。

我開著電腦螢幕，不停地再加工著，整理著，只希望下午的會議，我可以一鳴驚人，讓雙方人馬，都認同我的實力。

檔案開了又修，修了又關，關了再開，開了又改……就這麼來來回回，來來回回地，我專注在螢幕上面，卻沒發現，時間已經悄悄地過了十點。

編輯會議的時間是十點半，我看了看身邊的同事，很多人坐在辦公桌後，其中很多人很快地就離開座位，趕緊跑至會議室集合，甚至有些人看著我的神情，是充滿著奇怪的眼光。我眼睜睜地看著我身邊的人來來去去，最終，整間辦公室，只剩下了我一個人。

時間是——上午十點四十五分。

沒有人來通知我該去開會，但，所有的人，卻都不在辦公室內，這叫我還真是納悶了起來。

正當我起身，準備去會議室瞧瞧的時候，我的主管，主編瓊恩走了過來。

「Tanya，妳怎麼還在這邊呀……」瓊恩看著我，露出了不可思議的表情。

「喔喔……好，我馬上到會議室去……不好意思……」我急忙地收著檔案和資料準備到會議室時，瓊恩說的話，越來越讓我搞不懂。

「……妳沒有收mail？」

「……沒有耶……有什麼重要消息嗎……」

「坐下來收一下信吧……」就在瓊恩說話的同時，我看見了遠處會議室裡面探出了幾個人頭，那是小花他們，似乎偷偷地在觀察，我和瓊恩的對話。

我依瓊恩說的話，坐了下來，打開了信箱。一個周末沒有收下來的信不少，我看著新郵件不停地湧出，一時之間，我倒也看不出來，瓊恩希望我看哪一封郵件。只不過，過了幾秒鐘之後，一封由公司管理部門發出的公告信，吸引了我的目光，我不太敢，相信自己所看到的字眼。

「資遣……通知……?!」

顫抖著食指點擊了滑鼠之後，我可以清晰地讀完，整篇信件的內容。

「本公司因數位媒體的興起，廣告量大量下滑，因此在人事成本上，所花費的比例過高，從今日起，資遣以下員工，希望大家有著更美好的明天。

資遣名單：Tanya，林心恬。……」

我將滑鼠往下滾動，確認了這麼一件事情。這不是份名單，因為，只有一個名字，就是我的名字。

我看著瓊恩，眼神有點渙散，像是在向她確認，這封信的真實性有多少。瓊恩看著我，抿著嘴巴點了點頭，我一時之間，不知道自己該做的下一個動作是什麼。

「那……現在……我……??」我用無助的眼神請示著瓊恩，瓊恩撇著頭，示意我往會議室的方向行動。我無神地整理著這幾天準備的一大堆資料，站起身來，一個不注意，手上的資料掉了散落在地上，我趕緊彎腰低下頭收拾。

「不是去會議室唷……是從大門走出去……把自己的東西都帶走……」當我蹲在地上的時候，瓊恩的指令才算是真正地打醒了我。

我被資遣了，而且是立刻，馬上走路。也就是說，我不用參加現在的編輯會議了，我也不用參加下午的數位內容會議了。

半跪在地上撿著資料的我，心中的那把火，終於湧了上來。

「只資遣我一個人，可以減低什麼人事成本，這根本只是想要讓我走路吧……」我站了起來，語氣一變，對著瓊恩說出了我的感受。

「這是人事部的決定……我無權過問……」瓊恩雙手交叉在胸前，一副事不關己的姿態。

「我不是薪水領最多的人，也不是工作表現最差的人，憑什麼資遣我？」

「……妳怎麼知道妳不是工作表現最差的人……」瓊恩的臉色一沉，的確，如果以這件事情來說，她是最有資格評斷的，因為她是我的主管。

「妳沒看到……我為了今天的會議，做了多大的努力嗎？」我的聲音大了起來。

瓊恩看著滿地的資料，緩緩地往前走了幾步，這讓我和她之間的距離，更縮短了不少。

「……Tanya，只選擇自己想做的工作去執行，不是一個好的編輯該做的事情，妳如果真的想知道為什麼是妳，我就讓妳知道……」瓊恩這時候從口袋中拿出了一張名片。

蔡小玉。星河唱片。

我不懂，看了這樣的名片之後，我不懂這和我被資遣有任何的關連。

「妳連蔡小玉是誰都不知道對吧，那我真的很想知道，妳當初，和歌神『樹』的聯絡窗口，到底是哪位？妳和鬼聯絡喔？啊？妳以為這樣就沒有人知道嗎？這就是我說的，妳就是工作表現最差的人……」瓊恩一口氣說的我無法反駁，我沒有想到，她會自己找到了「樹」的窗口，進而與她聯繫，我真的，失策了。

我咬著牙，沒有話可說，因為這件事情，的確是我「退而求其次」的結果，我以為我從今天要開始新生了，但是沒想到，我的第一步，硬是踏不出去。

「還不走……⁇」瓊恩大聲地又補了一句。

我硬是將含在眼眶中的淚水，堅持在表面，不讓它沿著我的臉頰滑下，只不過，心裡的懊悔與難過，卻直衝腦門。

瓊恩不能了解她做了這件事情對我有多大的影響，我失去的，不只是一份工作而已，更重要的是，我失去了下午和學長黃克群的見面機會，以及我一直想要擺脫的詛咒。

「……主編……可以……再給我一次機會嗎……⁇」我咬著牙，不希望就這麼輕易地放棄了，我有可能改變的人生，只不過瓊恩的眼睛，再也不看我了。

「開完會回來如果妳還在，我會請警衛來，如果還有妳的東西在，我會請人家拿去丟掉……」留下了這麼幾句話，瓊恩大步地走向會議室，只剩下我一個人，悵然地看著滿地的文件，無奈地站著。

第十八話　盲目約會

收拾完辦公桌雜物的我，走出公司大門的時候已經接近十一點半，途中經過了會議室那透明玻璃的隔間，我聽到了會議室裡面傳出的陣陣笑聲，想到我在一個小時之前還應該是屬於那個世界的人，心裡就起了一股悲哀。

雖然只做了兩年多，但是這份工作畢竟也帶給了我不小的成就感，我真的，很不願意，就這樣離開公司。

只不過，這一切，似乎都已經回天乏術了。

我一個人拿著打包好的瓦楞紙箱，吃力地走出了辦公室，我知道，今天下午兩點半左右，黃克群學長就會從這個地方，進入我的「前」公司，和大家一起討論著關於時尚內容數位化的問題。我站在門口，猶豫著。

或許我可以在這裡等到兩、三點，製造一次和學長見面的機會，只不過，我總是認為，這種不是順著緣分來的相遇，就算碰到了，也不夠強烈。更何況，以往只要是我有類似的企圖，命運之神，一定會讓這件事情成為時間差的慘劇。

星期一的中午，我吃力地拿著瓦楞箱，站在了人來人往的大馬路上，一時之間，竟然不知道自己該往哪個方向走……

星期一的傍晚，我獨自窩在台北的小套房裡面，望著自己的電腦發呆，旁邊堆積的是，一落落關於時尚內容如何數位化的資料。原本計畫好的一切，怎知轉瞬間就化成了泡沫。如果在之前，我也許還可以打個電話給大衛，和他抒發一下我的情緒，只不過，現在對我而言，台北的生活，已經轉變成了一場空，我甚至連朋友都找不到。

就在我感到一無所有的時候，所幸老天還留了個朋友給我——小孟上線了。前幾天的偶遇之後，我和她又開始了聯絡，彼此留了手機號碼與msn帳號。在msn彼端的小孟，看到我在線上，立刻敲我。

「如何？應該已經開完會了吧，黃克群還記得妳嗎？」

我慵懶地爬到電腦桌前，變換了一下輸入法。

「不知道……因為今天一早，我就被公司資遣了……現在是個無業遊民……」

「喔……」看起來小孟並沒有很驚訝，這反應，反而讓我很驚訝。

「妳覺得很理所當然？」我問。

「……也不是……但總覺得妳和黃克群之間，就是無緣，所以前兩天聽妳在說的時候，我心裡就在想說，可能又是空歡喜一場……」

其實我並沒有對小孟提起過童年時候和外公的那段往事，只不過，小孟和我在一起久了，我身邊的事情她幾乎都知道，很自然地，她也可以幫我歸納出一些結論來了。

「怎辦？我現在沒工作，也沒男人……慘斃了……」我打出了個哭臉，說真話，這情況應該是我這輩子自從父親離開我們家庭之後，最低潮的時候。

「這不算什麼啦，工作再找就好，要男人?!……只要妳不要執著在黃克群身上，也不是什麼太困難的事情呀……」

「……」小孟說得輕鬆，現在找工作可不容易，而且在台北找男人，尤其是出了社會找男人，我更是覺得有如盲人摸象一般，難度指數頗高。

「我那天和妳說的好男人，現在不就剛好派上用場了……」我沒忘記小孟當天說的事情，只不過當時我的腦子裡都是黃克群學長的影子，根本聽不進去。

「……我不知道我現在……這麼快，能否接受別人……」我猶豫著打了字。

「心恬，相信我，忘掉那些過去的經驗……妳現在需要的，是一個全新的生活，不要再被以前的感情所綁住，重新認識一個新的人，重新去體會愛情，這樣對妳的人生，才有幫助吧……」小孟那戀愛導師的嘴臉，很快地又出現。只不過，當小孟飛快地打著這些字的時候，我的腦海中，竟然浮現了老家母親的臉。

自從老爸離開了我們，老媽對那些客人說的一句「老闆今天生病……」之後，老媽就這樣一個人每天努力工作賺錢，其實現在回想起來，當時的老媽，年紀還不算大，如果要認真談感情的話，還是有機會碰到第二春，只不過死心眼的她，就這樣一個人，一路撫養我到大。

不自覺地，我把自己，和老媽的影像給重疊了。這時的我，並沒有很深刻地去探討，自己心中對於愛情的追求，是否受到了爸媽的影響。

也許再過幾年之後，我會更清楚……

腦中的思緒沒有停止的同時，小孟在彼端也沒有暫停地打著字。

「怎麼樣？心恬，如果妳ＯＫ的話，我就幫你們兩個人約一下，就像以前我幫妳去和學長傳信一樣，如何？」

我看著電腦螢幕上跳動的游標，不知道該輸入什麼樣的字眼，來表達我現在的情緒。的確，獨自一個人生活在台北，追求的不外乎是好的工作，以及好的感情，想起當年畢業後，剛來到台北時的心情，就像是脫了韁的野馬，不管是什麼夜店，什麼消遣，我都想要去嘗試，只可惜當年的男朋友太過保守，這個也不行，那個也不准，以至於我到現在，還沒有享受到在大城市工作的感覺，如果真的交了一個很都會的男人，我往後幾年的生活，應該就會大相逕庭了。

猶豫了幾秒之後，我的手指，總算了有了反應。

「……也不是……不行……」我打出了這麼幾個字。

「真的嗎？真的嗎？」

「嗯……」

「太好了……心恬，妳要相信我介紹的，因為這個可是我經過了精挑細選之後，才幫妳找到了這樣一個人唷……」小孟在那頭興奮地說著，只不過，聽著她的用詞，也未免讓人覺得過於誇張。

「精挑細選……妳是認識多少個男人呀……??」

「ㄟ……這妳不用管，這只是一個形容詞，總之，妳就相信吧，從小到大，有哪一次我讓妳失望過了……」小孟說得激動，我可是聽得不以為然，因為回想起來的話，凡是和小孟扯上關係的事件，似乎就是註定失敗。

包括了國中和克群學長情書告白，以及高中的Volleyball15慘劇。勉強要說的話，在要見到學長的前幾天，碰到了小孟，我都應該要有預感，和學長見面的這件事情，可能不會太順利。

「……沒有失望，但也沒有一次有好結果……」我冷冷地回覆。

「……ㄟ……放心放心，總之這一次，包在我身上……」的確這一次小孟說話的態度比起以前還要更加有把握，我甚至不知道她的自信是從哪裡湧出來的，因為就算小孟了解我，會介紹一個我可能喜歡的男人，但對方對我的感覺如何，小孟自己可能也無從掌握吧。

「這個周末……就約這個周末……我和妳說時間地點，妳抄一下，順便告訴我妳當天會穿的打扮……」

「妳不去的意思？」我有點驚訝地說。

「我去做啥？你們兩人見面就可以了呀……」小孟說得輕鬆，但要我和從未見過面的男人吃飯聊天，這感覺，不就像是人家說的「盲目約會」??

我當時還是不知道，小孟這樣做的企圖為何，雖然多年以後，我總算了解……

第十九話　愛情牛排館

有時候我很慶幸爸媽生給我的個性，算是樂觀的了。因此在那個消沉的星期一過後，我很快就恢復了精神，開始了投履歷的生活。單身在台北租屋的我，可沒有什麼太多的存款讓我可以支付接下來要償還的房租等費用，沒時間緬懷過去，我得要趕緊找到工作才是最重要的事情。

運氣還不錯地，禮拜一晚上投了履歷，隔天就有了禮拜四與禮拜五兩個工作機會的面試，雖然說工作的性質和我本來的時尚編輯有所出入，但是到了這個節骨眼，我也只能先求有工作，再求好工作了。

只不過，禮拜四的行政專員一職在我聽完了工作內容之後，我實在興趣缺缺，除了要在那家族企業的兩人公司裡面上班之外，平常還得要幫老闆娘照顧一下寶寶、換一下尿布之類，還要注意公司裡面的垃圾桶倒了沒，或者是飲水機的水喝完沒……

這和我上一份工作的落差，也未免太大……

禮拜五的出版社編輯一職，雖然聽起來比較正常，不過辦公室的空間小得誇張，五坪不到的房間裡面，我除了老闆以外，並沒有看到其他空出來的辦公座位，而且到處堆滿了書籍，這比起我剛離開的公司，美輪美奐的辦公室，實在有如天地間的差距。雖然我還沒得到錄取通知，但我自己心裡面卻已經主動將這兩家公司的電話，設為了「黑名單」，也就是說，就算得到工作，我也寧願放棄。

就這樣，時間來到了禮拜六。

我當初雖然答應了小孟，但是時間一到，我又不免後悔了起來。和一個素昧平生的人見面，尤其前兩天才剛有過類似的經驗（面試），導致我實在是有點提不起勁來。

「深色牛仔褲，黑色長靴，灰色的毛衣再加上白色的圍巾」——這是我那天告訴小孟我禮拜六會做的打扮。

「對方會戴一頂灰色的鴨舌帽，黑色的短大衣……」小孟就這樣說，甚至差點連名字都忘了告訴我。

吾川，他叫做吾川——奇特的名字，我心想……

小孟幫我們相約的地點，在於台北市西區的一條巷子裡面，那裡有著一家西餐廳，聽說牛排不錯，最好點個丁骨牛排七分熟，會有很好的享受——小孟如是說。

總之，時間到了，我硬著頭皮去了。

這家老舊的牛排館，位在一條隱密的巷弄當中，如果不是真正的老饕，是不會找得到這個地方的。牛排館的外觀，看起來像是舊影集裡面的外交使館，感覺上很有文化，不過名字卻起得挺新鮮。

「愛情牛排館」。

我真不知道是因為這家店裡面充滿了戀愛的氣氛，還是因為這家店裡面的牛，都是談過戀愛之後才被宰的，總之，這個店名，讓我覺得很有意思。

我推開了門，門上的大鈴鐺發出了很大的聲響，因此當我一走進店內，所有的人都會回過頭來看，我相信，如果吾川已經到了現場，他應該會看到我走進店內。

「小姐，一個人？」服務生很快地趨前詢問。

「我找人……」事實上，並沒有我預期的情況發生，我以為，我一進到店內，那個叫做吾川的男人，就會出現在門邊，迅速地帶領我到座位上。

牛排館裡面的座位不多，因此我繞了一圈之後，很快就看完所有的餐桌旁，坐的是什麼樣的人，除了一桌座位上坐的是一個男人之外，其它的座位幾乎都是兩人或是三人以上在用餐，但那個男人，並沒有戴著所謂的灰色鴨舌帽。

這讓我納悶了起來。而服務生看出了我的困惑，再度趨前詢問。

「請問訂位的名稱是？」

「小孟……呃……或是吾川……」我不太記得小孟怎麼告訴我的，或者是什麼都沒有告訴我……

「喔……小姐，這邊請……」沒想到服務生已經掌握了資訊，領我到了剛才那個只有一個男人坐著的座位邊。

「吾川先生在這邊……」服務生用手比向剛才那位男人，我才注意到，原來這個男人的桌上，擺了頂帽子，正是灰色的鴨舌帽，想來是進了室內，有脫帽的習慣。只不過，我不太理解的是，我剛才繞了一圈，難到他沒有看出來，我的穿著，就是他在等的人嗎？

這個被稱為「吾川先生」的男人聽到了服務生的聲音之後，微微抬頭看了看我。

「Tanya小姐??請坐……」男人絲毫沒有想要起立的意思，只是幽幽地要我坐下。

我只能說，這個第一次的接觸，並沒有給我很好的感受。

我拉開了座椅，坐了下來，正面地坐在了這位吾川先生的對面，我才看清楚了他的長相。

一個平凡至極的男人。

要我形容他的長相的話，我會這麼說：眼睛不大，眉毛不濃，鼻子不挺，嘴唇微厚，耳朵與臉的比例算大，頭髮不長不短，也許戴上帽子以後，會成為一個我比較容易在街上認得出來的人。

「妳好，我是吾川……」在吾川說話的同時，我看到了桌上的景象，讓我很是驚訝。因為吾川的面前，不但有著吃完的麵包盤，還有一盤吃剩下一半的牛排，冒著熱煙，這表示，這個人並沒有等我，自己已經吃起了晚餐。

我從沒遇過這麼沒有禮貌的人，畢竟，我也不過才遲到十五分鐘而已，雖然，我本來就不打算在陌生人面前吃飯，因為那會讓我很不自在。

也許是因為著我的沉默，使得吾川切割牛排的左右手停了下來，不再注視著盤中的牛排，而是正眼看著我。

「不好意思，我先吃了……因為我相信妳會礙於第一次見面，不好意思用餐，因此我想與其等妳來點一杯飲料，我還不如先照顧一下我空虛的胃……」吾川說得自然，我聽得驚訝。

「你憑什麼判斷，我會不吃東西呢？」我說。

「很簡單，因為妳是我從我輸入的資料裡面去找出來配對的女性，如果不是我輸入的資料有問題，那就是那個電腦程式，出現了問題……妳可以離開，我從此不再相信那個網站，或是妳可以微笑接受，然後我們可以開始今天的約會……」

電腦程式?!

小孟當天介紹她工作時所描述的話語，倏地跳出了我的腦海中。

「我在做網路工程師呀……專門寫程式……任何一種需求，我都可以寫成一種程式，然後讓人們使用……」

原來如此……難怪小孟說什麼精挑細選了，原來是拿我來做實驗品，想必是什麼交友網站的程式，輸入資料藉以配對的玩意兒……

面對著眼前這個其貌不揚的傢伙，我懷疑了起來，究竟小孟寫的程式，是用什麼樣的邏輯，而小孟所輸入的關於我的資料，又是什麼樣的內容，才會導致我和這個男人的見面呢？

不過不管怎麼樣，這個晚上，就是我和吾川第一次見面的場合，這個沒想到，日後在我生命中占有相當地位的男人……

第二十話　神祕的吾川先生

吾川說完話之後，繼續機械式地動著他的左手，切割那看起來相當美味的牛排。我靜靜地看著眼前這個陌生的男子，一瞬間，我竟然不知道該怎麼自處。原因在於，他說得對，我的確不想點東西吃，只不過，就因為這樣被說中，我又覺得很沒有自尊，畢竟好像很輕易就被別人摸透自己的心思，很像是承認自己很膚淺一般。

「其實不會的……我並不會因為妳留下來，而且也不點餐，就會覺得妳很容易猜透，因為這些都是簡單推理，人的深度，是需要時間去探索的……」吾川先生一口將牛排放進了嘴裡，另外一邊又說出了令我心頭一震的話。

這男人有讀心術?!

不，正如他所言，這只是普通的推理罷了，只不過，我從沒遇過這種人，在我們家鄉，在我們學校，在我的前一間公司，我都沒有遇到過，這麼神奇的人。

我心想：不管今天是配對還是如何，我總要有某些地方，讓人家覺得特別，否則，我豈不就只是一個讓人家一眼就看穿的女人？

「服務生!!給我一客丁骨牛排，七分熟……」其實在來的路上，我已經先吃過了點麵包，用意就是這頓晚餐席間，我知道自己不會吃什麼東西，不過為了不讓眼前這位男人摸透我，我決定反向操作。

吾川一聽完我說的話之後，立刻哈哈大笑了起來。

「哈哈哈……準……太準了……這個所謂的配對電腦程式，真的是有意思，妳果然是那種喜歡逞強的女生，就如我輸入的資料一樣……哈哈……」吾川一面笑，還不忘拍打著桌面，只不過，這樣的舉動，已經惹得我十分地想要離開現場。

「對不起……」吾川就像是真的了解我的心態一樣。立刻收起了笑容，非常認真地看著我。

「我沒有別的意思，我只是認為，那個電腦程式寫得真的很好……不知道那個網站是哪間公司做的，我很想認識一下，了解一下他們用的是什麼樣的邏輯，寫出了這樣的程式。」

「我認識……我可以介紹你們認識……」我冷冷地說。

「妳好，我正式自我介紹一下，我叫吾川，方吾川……」這時候的他，總算是伸出了手，充滿著禮貌地想要問候我。我有點無奈地伸出手，和他握了握手，沒想到，吾川的手細緻得嚇人，感覺上像是天天都有在做保養才累積出的成果。

「……你看來是富家子吧……」我急忙地收回了自己的手說。

「換你想要來推測我了嗎？或者說，換妳要印證妳輸入的資料對或不對了呢？」

「我沒有輸入什麼資料……」我沒好氣地說。

「是嗎？妳不是登入那個網站之後，才得出這個配對結果嗎？」總算，我的話裡面讓吾川有了摸不著頭緒的地方。

「沒有，我沒看過那網站……我只認識那個程式設計師……」我說。

「原來如此，這樣更精準，看來是那個工程師要妳直接和我見面的了……」吾川說話的同時，服務生開始端來了丁骨牛排的前菜，我的表情，微微地僵硬了起來。

「吃不下吧……??」吾川看著我的表情問。

我點了點頭，並不想和自己的胃過不去。這時候吾川將服務生叫到了自己的身邊，低聲地說了幾句話之後，我的桌上，就只剩下了一杯柳橙汁。

「你常來？」感覺上，服務生相當聽從吾川的指令。

「每天晚上吧……」

「每天晚上？又不是老闆……?!」我的話沒說完，就看到吾川點了點頭，我才驚覺，自己說了什麼笨話。

「你是老闆？所以，你專門做餐飲業？」

「不是……這只是投資的其中一環……還做了不少其他的事情……」這時候吾

川對服務生比了個手勢之後，我發現周邊的燈光都暗了下來，只靠著我們桌上的燭火照明著我和吾川先生的臉，氣氛頓時浪漫了不少。

「妳喜歡什麼音樂？」吾川說。

「……這……有點難以啟齒，我都聽流行音樂……」我這時忽然有點後悔，自己平時不聽些古典音樂。

「流行音樂也很好呀……像是誰的歌呢？」

「真的要認真說的話，大概就是T＆D的歌……有一陣子我非常喜歡『歌神』的歌……」

「『歌神』指的是『樹』……？」

「不是，是……只出道不到一年的……高伸介……」就在我話剛說完的同時，吾川比了個手勢，服務生立刻開始動作，原本在餐廳裡面流放的英文歌曲，瞬間就變成了我熟悉的前奏，那是當年T＆D寫給高伸介唱的歌曲，也是我的最愛。

我沒有將話說出口，只不過，我看著吾川看著我的眼神，我知道，他知道我愛這首歌曲，他只是面帶微笑地看著我，似乎在欣賞我，欣賞這首歌的表情。

在這樣的環境裡面，燭光，搭配上我的愛歌，這禮拜的不順，忽然全部都被我拋到了腦後，也因為看得不是很清楚吾川的五官的關係，似乎這次的邂逅，變得美麗了起來，自從我來到台北後，我沒有過這樣的感覺。

隨著音樂的結束，先前對吾川的壞印象已經一掃而空，取而代之的竟然是種浪漫的情愫，會忽然期待著，更想要了解眼前這個男人的背景，以及他的過去。

「如果妳不想吃東西了，我們出去走走如何？」

我輕輕地應允了一聲，看著吾川戴起了他的灰色鴨舌帽，那瞬間，我忽然從他身上看到了大學時期那個暗戀對象，阿男的氣質，一種應該不會出現在餐廳老闆身上的氣質。

「妳想去哪裡？」吾川問。站起來的他，雖然不高，但是也有一七五公分左右。

「沒有特別想去的地方……都可以……」我原本預期，吾川說的走走，是在附近散散步之類的活動，沒想到吾川帶著我，走進了某棟大樓的地下停車場，接著就是一名泊車小弟開出了一輛名貴的跑車，到了我們面前。

「吾川先生，您的車來了……」吾川接過了鑰匙之後，順手給了小弟一張千元大鈔，接著上了車，而我在一旁，則有點不敢置信。

我看過那輛跑車的定價，起碼要三百萬台幣以上，隨著吾川在我面前展現的事物，我對這個人，越來地越不了解了起來……

「……海邊，或山上？」吾川發動了引擎，我聽著那低沉的咆哮聲，對於發生在自己身上的這些事情，感到十分地不實際。

「山上……」從小在海邊長大的我，對於所謂的看海自然是一點新鮮感都沒有，而當車子一啟動往前加速的時候，我的心，跟著時速表一路往上飆了上去。

我心想，這真是個奇異的夜晚，一個奇特的邂逅，也或者，這就是我人生下半段序幕要展開的前戲呢……

第二十一話　城堡出版社

禮拜天中午，當我在家裡面睜開眼睛的時候，我還不能相信，昨天晚上，發生了什麼事情。

吾川載我到了陽明山之後，除了欣賞台北的夜景以外，我不敢相信的是，就在看夜景的附近，吾川擁有著一棟別墅，在他看來是那麼的「順便」，他說只是為了方便看夜景，因此在那地方買了間房子，也因此帶我過去坐了坐。

那「順便」擁有的房子，少說也有兩百坪以上，還沒包括了外面的游泳池，以及前門進來的花園，我沒有概念，在這樣的地方買房子，到底需要準備多少頭期款，或者是貸款需要花幾百年才可以繳得完，又或許，這完全不是我這種金錢觀所可以理解的世界了。

不過整個晚上，最讓我自己震驚的事情是，在喝了兩杯紅酒之後，我和吾川，上床了。和上一個男友大衛從開始到上床，總共經過了將近一年的時間，和吾川從認識到上床，竟然經過了不到半天的時間。

我想，這才是我對自己最訝異的事情，怎麼，這件事情對我來說，已經變成了這麼簡單的選擇……

「我希望妳不要認為……我是個和每個女人都這樣做的男人……」吾川的話，一點可信度都沒有，只不過在做完愛之後，我卻相當願意相信他說的。

「我成天都在工作……根本沒有機會認識別的女人，這次透過網路，是我第一次的經驗，因此我才會約在我自己開的餐廳裡面……」合情合理。我一廂情願地想著。

但，當我躺在自己套房裡面睜開眼睛之後，我才覺得這一切，根本就太瞎了。因為，在那之後，吾川開了車送我回家，我們竟然沒有留下彼此的電話號碼。

這算什麼？一夜情?!!?我一想到這事情，心頭就嘔了起來，難道就這樣一個晚上，我就再也見不到這個男人了嗎？我急著想要找到小孟，畢竟如果說吾川曾經在網站上登錄過的話，一定會留下一些基本資料，或者是聯絡方式之類，只不過，小孟的 msn 並沒有上線，撥打了小孟留給我的手機號碼，也是沒有回應，我又氣又急，也只能在家裡望著電腦螢幕發呆。

忽然，我的手機響了，我急忙接起，就希望那是小孟打來的電話。

「妳好，Tanya 小姐嗎??我們這邊是『城堡出版社』，我們在網路上收到了妳的履歷，希望可以和妳約個時間請您過來面試……」手機那頭傳來的是甜美的女聲。

「好的……好的……」在與對方約定了星期一下午面試之後，我有如洩氣氣球一般地躺在了床上。

昨天晚上，我感覺自己像是走進了另外一個世界，不再是窮酸的學生生活，不再是汗臭的運動系學長，不但我覺得自己像是一夜之間長大成人，更覺得這樣的世界，更實際，更有未來……只不過，比起了將玻璃鞋遺留在王子身邊的灰姑娘，我可能更糟糕的是，我沒有留下任何的資料給他，又或許，小孟有將我的聯絡方式，輸入在網站的資料庫中，以便吾川先生，可以方便找到我。

越想，越煩……難道，我還是只能在不停找工作的現實生活中生活嗎……??

禮拜一的下午，我依約到了城堡出版社。這間公司雖然名氣不大，但是當我走進辦公室的時候，我才察覺到這公司的氣派。

玄關的地方除了公司很大的招牌之外，外面還陳列了城堡出版社曾經出版過的出版品，包括了雜誌、小說、插畫等，各式各樣的內容，我仔細瀏覽了一下，才發現說之前我看過的許多暢銷書籍，都是這家出版社的產品。

「Tanya小姐，這邊請……」人事部的小姐領著我走進了會議室，在我詳盡地填妥了人事資料之後，人事部門的主管走了進來，坐在了我的面前。

「Tanya小姐，看過了妳之前的履歷，感覺妳非常適合在我們公司上班，因此公司方面希望妳，可以今天就位……」人事部主管是一位將近四十歲的女性，講話的口條十分清晰，只不過，我卻懷疑起自己的耳朵聽到的內容。

「妳是說……今天就上班……？」我是有聽過有些公司很急，但我自己倒真的沒有遇見過這樣的事情。

「是的……」人事部主管的話沒有說完，忽然從會議室的門外，走進了另外一名年輕女子，在她的耳邊輕聲地說了幾句話。

「……如果Tanya小姐願意的話，我們公司的總經理，想要再與您面談一次……請往這邊走……」事情的發展讓我有點摸不著頭緒，一下子就叫我來上班，一下子又要我去見老闆，不過，我也只能順從人家的指示，一步一步往前走去。

當人事部主管領著我走過了一條條的長廊之後，在某個素雅的房間門口停了下來。

「Tanya小姐，這裡就是我們總經理的辦公室，請妳在敲門之後直接進去吧……」人事部主管比了個「請進」的手勢，接著就離開了，留下我一個人在門口。

我不明就裡地敲了敲門，從門的那端傳出了男性的聲音。

「請進……」我依著指示推開了門，第一眼看到的，竟然是一頂躺在辦公桌上，我有點眼熟的灰色鴨舌帽。

我的視窗再往右移，這才發現了辦公桌的前面，站著一個男人，而這個男人，對我來說是又陌生，又不算陌生的……

吾川先生。

「為什麼會是你……」我驚訝地叫著，我不敢相信會有這樣的相遇方式，這除了在書裡面，或是電影裡面才會出現的情節，竟然在我的身上發生了。

「為什麼不是我……」吾川先生往前走了一步，這讓我和他的距離縮短了不少。

「妳告訴我妳在找工作，而且是和出版相關的工作，如果說，我的公司正在找人的話，我相信，我一定會在裡面看到妳的履歷……」吾川邊說，邊往前走。

「那一天晚上，我太開心，開心著電腦程式可以這麼精準地找到我想要的人，開心著我可以和妳共度美好的一個晚上，竟然忘記了要留妳的手機號碼，但，妳還是沒有忘記遺留了妳的玻璃鞋給我，而我，也順利地找到了妳……」吾川說完這段話之後，整個人就站在了我的面前，距離不到二十公分的地方。

「所以……這也是你的公司……」我發現，我的嘴唇乾了起來。

「是……」吾川的臉，逐漸地貼近了我的鼻尖。

「愛情牛排館也是……」我的話沒說完，吾川的嘴唇已經迎了上來，緊緊地貼在了我的嘴唇上，我不自覺地張開了嘴唇，讓自己的舌頭，隨著他的舌頭引導蠕動。

從沒想到過的展開，竟然就這樣在我面試的時候發生了，我想，這應該是我有史以來，最特別的一次面試經驗吧。

第二十二話　他是 Alex

「如何？那天晚上的約會如何……」小孟出現在 msn 線上已經是兩個禮拜之後的事情了。

「妳現在才問，生米都煮成熟飯了啦……」我沒好氣地打著字。

「什麼意思？妳還有和那個男人聯絡嗎？」看來小孟是完全不知道狀況。

「豈止聯絡，我都快被他吃掉了……」我對於小孟的狀況外感到無奈。事實上在和小孟對談的同時，我已經在「城堡出版社」上班了將近兩個禮拜，雖然我的座位不是在總經理附近，但是大約每天下班，吾川都會等我，然後帶我到台北市裡面極為高級的餐廳吃飯，或是到比較奇特的汽車旅館做愛。

我過著有如公主般的生活，而小孟竟然到現在才找我。

「看來……我的程式寫的不錯唷……」小孟哪壺不開提哪壺，竟然還說到了這樣的事情。

「我都快被妳氣死了……要不是這次讓妳誤打誤撞，介紹了一個不錯的男人給我，我就真的跟妳翻臉了……」隨著我的氣話，小孟那頭傳了個吐舌頭的鬼臉給我。

說真的，吾川真的對我不錯。

這兩個禮拜下來，我對他不但是更加地了解，也更加地喜歡。除了「愛情牛排館」之外，「城堡出版社」，以及「亞當網站」也都是他集團下的品牌，每個月三個事業體加起來的營業額，超過了台幣一億，在中小企業裡面來說，算是很厲害的成績，當然也累積了吾川先生的財富。

而吾川先生交友廣闊，不管到什麼地方去，我都可以看到他的朋友，當然，我會留心小地方。那就是，他的朋友裡面，男性居多，就算是有女性朋友，我也觀察得出，那都不是什麼他之前的女友之類，因此我越來越可以相信，吾川他對我說的話，是真心的。

除了一點讓我還不太放心之外，那就是他的家人。

我從來就沒有見過吾川的家人，那也是因為，吾川的房子太多，我們常常到不同的地方住宿過夜，因此分不清楚，哪一間才是他家人居住的地方。

在「城堡出版社」裡面，他也給了我很大的空間發揮，不但讓我決定出版品的方向，就連出版品上市的宣傳企劃，他都讓我一個人一手包辦。

就這樣於公於私，我都非常開心地過了兩個月左右。

這一天晚上，吾川帶著我，準備出席一場慈善晚會，吾川在那之前，先是買了一件晚禮服送給我，只希望我可以和他一起出席。

這場晚會在台北市內有名的飯店頂樓舉辦，有許多名人出席，而我第一次參加這樣的場合，心裡不免有點緊張，然而接下來發生的事情，卻才是讓我更加緊張的部分。

就在吾川先生忙著和一旁的名流朋友交談的時候，迎面而來我竟然看到了我以前的老闆——雪兒姐，帶著我以前的主管——瓊恩，出現在宴會上。

「……妳怎麼會在這裡？」瓊恩看著我，一臉錯愕。

「我和朋友一起來的……」我則是輕鬆以對。

「朋友？」

這時候吾川先生結束了與朋友的交談之後，走到了我身邊。

「雪兒？好久不見呀……」吾川一見到雪兒姐，熱情地伸出了手，和雪兒握著，一旁的瓊恩臉色難看。

「……啊對了，Tanya 妳以前在雪兒這邊待過，真的要感謝妳，竟然培育出這麼好的人才出來呀……」吾川天生會說話，這幾句話，講得雪兒姐無言，瓊恩更是半句話都說不出來。

就在兩個人不知道該用什麼話語應對的時候，雪兒姐像是看到了救星一般，抓住了個男人拉到了吾川面前。

「吾川先生，我和你介紹一下，這位就是我們現在和他們公司密切合作的，數位無限集團的業務經理——Alex黃……」眼前的男人身影相當高，我一瞬間只能夠看到他的胸前的黑色條紋領帶，就算是穿著高跟鞋的我，也得要微微地抬頭，才可以看清楚他的臉。

「對呀，Alex相當優秀呀，只可惜最近剛和女朋友分手了……吾川先生人面廣，要幫年輕人介紹一下……」瓊恩也跟著答腔，我從瓊恩講話的語氣裡面聽得出來，瓊恩對眼前這位Alex有著一定程度的好感。

只不過當我抬頭的高度，足以看到這位Alex黃的容顏時，我的心頭，像是被人狠狠地揪了一把。

原來，Alex黃，就是黃克群學長。自從國中他拿著薛文學長的信來找我之後，我從來沒有這麼近地見過他，我甚至不敢確定，他是否還認得出我來。

但，我可是認得非常清楚。

黃克群學長的五官沒有什麼改變，反而是成年的氣味，讓他更增添了不少男人味，比起國中時期的五分頭，現在學長出了社會之後，六四分邊的西裝頭，帥氣十足，一下子叫我看傻了眼。

「你好，我是吾川……這位是Tanya……」吾川先生禮貌性地伸出了手，當然克群學長也十分友善地和他握著手，只不過，握完了吾川先生的手之後，克群學長轉過身來面向著我，伸出了手。

就像是當年要把薛文學長的信拿給我一樣。我整個人站在現場，完全地說不出話來，我試圖要讓自己的手伸出去，然而這個時候我體會到自主神經失調的症狀，一動也不動地，僵硬的時間長到雪兒姐和瓊恩，以及吾川先生都露出了奇異的表情。

克群學長也覺得怪了起來，雖然他這時注視著我，但我相信，在我精心地畫了深邃的眼妝之後，要讓這麼多年沒見到我的人認出我來，是有難度的。

只不過，我依然動彈不得。

還好這時候大會的廣播聲響起。

「各位特別來賓，以及時尚佳人們，為了這次的晚會，我們特地請來了新歌神『樹』，來替我們現場演唱，希望大家以最熱烈的掌聲，歡迎我們的新歌神『樹』所帶來的歌曲……」隨著大會的廣播聲音響起，每個人的眼光和注意力全部都集中在台上，也可以說，這場表演，適時地化解了我剛才的尷尬。

而新歌神「樹」一出場，現場的音樂加上鼓譟聲，更是讓雪兒姐和瓊恩等人走離開了現場，克群學長也在和吾川先生點了點頭之後，往舞台方向移動。

留下了我一個人五味雜陳地站在原地。雖然吾川先生隨後緊握住了我的手，但我相信，再怎麼會推理的吾川先生，也無法知道我現在心中有多麼地複雜。

一來是新歌神「樹」，也就是我離職的原因，會在這樣的場合，先後遇到雪兒姐和瓊恩，又看到「樹」，感覺就像是在提醒我失敗的過去，然而真正讓我無力的，還是黃克群學長的現身。

而瓊恩在一旁補上的那句話，簡直就是在幫命運之神澆我冷水，就在我錯過了和克群學長相處的機會之後，我認識了吾川先生，甚至看似交往的關係，沒想到，才在這個時間點，讓我碰到了「剛分手」的克群學長，我心中的怨懟，可能真的得要我自己一路走來，才有辦法體會。

「跳支舞吧……」吾川先生溫柔地邀請我，讓我更加有著罪惡感，就在我和吾川先生交往之際，我又怎麼能因為這個宿命的惡作劇而心動呢……隨著「樹」的音樂，我和吾川先生，緩緩地開始了只屬於我們兩人之舞，我的心中，也默默地，下了一個決定……

第二十三話　何謂最愛

那晚的慈善晚會結束之後，我和吾川先生陷入了另外一種情況當中。我知道我心裡面掛念著某件事情，吾川先生也知道，只不過，吾川先生並不急著問我，甚至還會刻意迴避掉所有把話講白的時機。

以我對吾川先生的了解，我總覺得，他已經大概知道了我心中掛念的事情為何，只不過，他不想拆穿而已。

就這樣模模糊糊地過了一個禮拜左右，在我的 msn 名單中列為前同事的瓊恩，忽然跳出來敲了我。

「不要怪我沒告訴妳……」瓊恩一開口的開場白就讓我傻眼。

「又要告訴我做事的大道理了嗎？」

「哼……少在那邊耍嘴皮子，我只是想和妳說，不要以為自己現在過得很幸福……」瓊恩的酸味，就算是透過網路，我都可以聞得到。

了。

「我沒有覺得自己很幸福……」我說。

「那就好，到時候被人家騙了妳都不知道……」瓊恩的酸味，一直沒消逝過。

「瓊恩姐，我在上班，有什麼話想說，麻煩妳直接說……」我都想要捏住鼻子了。

「好呀，我就和妳說，妳不要以為吾川先生很單純，妳最好先搞清楚他的家庭狀況……」瓊恩說的話，每個字，都刺進了我的心裡面。我一直不願去拆穿的這一部分，我想在外面，應該很多人都知道吾川先生的情況。

只不過，我還是得要硬著頭皮撐下來，不可以讓人家看扁。

「謝謝妳瓊恩姐，我和吾川先生很好，我也很清楚他的家庭狀況，謝謝……」打完了我要說的字之後，我立刻將msn登出，成為了離線狀態。

這就是我和他現在不清楚的地方，一來是我自己心中還存在著黃克群學長，二來是我從來不知道他的家裡狀況，因為每次過夜，都不是他真正的家。

搞不好，吾川根本就已經結婚了……

原本就被這些事情搞得心神不寧的我，這下子因為瓊恩的話，我又更加不安了起來，我可不希望外面的人都知道吾川的情況，就我一個人傻傻地不了解。我越想越不是味道，於是站了起來，大步地往吾川的辦公室走去。

敲了幾下門之後，吾川低沉的聲音不變，要我進去。

吾川坐在了電腦桌前，好整以暇地，似乎早就在等著我去找他，那感覺，就像是我們第一次見面一樣從容，他總是知道，我的心中想了些什麼事情。

「妳坐……」吾川要我坐在沙發上，而不是他電腦桌前的辦公椅，他曾經說過，如果是要談公事的話，他會要我坐在辦公桌前面，如果是要談私事的話，他就會讓客人坐在沙發上。

我依照他的指令坐下後，吾川站了起來。

「Tanya，妳知道……我三十好幾了……妳不會相信，我沒有女朋友或是老婆之類的存在吧……」吾川的背後，是整片的落地窗，背光的他，讓我看不太清楚他的表情為何。

我欲言又止，吾川先生已經趁這個空檔，繼續地往下說著話。

「原先，我們只是透過網路交友認識的朋友，當然，後來我透過履歷，找到了妳……我不否認……我非常地，喜歡妳……但，我也沒有想過，我們的關係，會有可能持續，或是繼續很久，因此，對於我的家庭狀況，我一直不想透露……」

我認真地聽著。

「不過最近一個禮拜，我們像是走到了瓶頸，對嗎？似乎已經到了不把這事情說開，就無法繼續走下去的窘境了……」吾川說話的語調和用字遣詞，總是讓我聽得很舒服，就算是講這種有可能讓我會難過的事情的時候。

「我只想知道，你結婚了嗎？」我總算找到了他說話的破口，見縫插針地說了一句話。

吾川原本說話的時候，手部的動作是很豐富的，然而在我詢問了這句話之後，他的動作停止了，在背光下的落地窗前，我就像是看到了一個靜止的剪影般，停頓在畫面裡面。

再怎麼會說話的人，對於一件問題的答案，也只能說出一個而已。

「是的，我結婚了，有一個老婆在家中……」

答案揭曉。果然……我當場很想要站起來，但是不知怎地，腦海中又閃過了吾川先生第一次和我見面時講的話，應該說，每一次和他相處的時候，他第一次見面講的話我總是不會忘記。

我不想依照他的猜測而行動……因此，我坐在了椅子上，動也不動……只不過，我的大腦裡面想的事情，可是複雜得很……

如果我沒有和這個已婚的男人在一起交往，我當天遇到的黃克群學長，就會是一個剛好單身的黃克群學長，那麼，就會是剛好單身的我，以及剛好單身的他，我一定可以和他聊起國中時代排球隊的往事，我們肯定可以有進一步的交談……然而現在，我卻因為了眼前的這個男人，我從來沒有這麼快和一個男人交往，卻因為這次的破了例，我又再一次地，又無法轉圜地再一次地，和黃克群學長，失之交臂，我簡直，快要跪倒在當年那團月老的白霧面前，哭著對他說：我錯了……請你停止對我的詛咒了吧……

但腦中的另外一個聲音卻是說，如果沒有和這個男人交往的話，妳就不會到那個慈善晚會去，妳就不會遇到妳的黃克群學長……

只不過，這些都是多餘的了，在當天晚上之後，我知道我心裡面自己偷偷下的決定為何……那就是，我決定認命，不再追求有學長存在的將來，但，我希望自己可以斷念，最好的方法就是，我選擇一個男人，和這個男人共同組成家庭，而眼前，吾川先生，的確有那麼一點讓我衝動的特質。

可是……他結婚了……

我呆坐在沙發上，任憑著腦中的一堆想法四處亂竄著，一句話也說不出口，而吾川先生，也維持著剪影的姿態，動也不動。

很顯然的，吾川先生的腦袋中，可能有著更精密的腦部活動在運作著，因此他也來不及回過神來。

「我不懂……既然你已經結婚，為什麼還要上網認識女人……」我率先回神，問了一句我很想問的問題。

「……我無法回答……真的……」吾川先生抱住了自己的頭，這是我認識他這幾個月來，從來沒有看過的樣子，雖然我不認為吾川先生會有無法回答問題的時候，因為在我心中，我認為他對任何事情，都有著答案。

「你是不想告訴我吧……你只是不想說你自己是個花心的劈腿者，你不想承認你會對你的另一半不忠，你不想承認，就算我們在一起，以後你還是會做出相同的事情來……」不知道哪一條內分泌腺素激增，使我的口才，瞬間好了起來。

「Tanya……不是那樣……妳不懂……」吾川無意識地揮舞著自己的雙手。

「我是真的不懂，才來請教你的……」

「就是時間不對……妳沒有出現之前，我認為我愛我的老婆……那天晚上剛好看到了那麼一個網站，我從來沒有做過類似的事情，然後，我做了……認識了妳……然後我知道了，我太晚認識妳，否則，我不會和我老婆結婚……」

聽完了吾川先生的解釋之後，我在自己的記憶裡，發現似乎曾經在什麼地方，聽過了類似感覺的話語……

「爸爸……並不是最愛媽媽呀……爸爸說，只是因為……先認識了媽媽……所以和媽媽結婚……後來才認識了最愛的……阿姨……哈哈……還是姐姐……」我一下子，記不起來這段話是誰說出，然而那麼熟悉的聲音，我又怎可能忘記呢……

我沒有想到吾川先生說的理由，竟然和我那從小就離開家裡的父親一樣，一樣地不負責任……

聽完了他的話之後，我堅決了自己的想法。

「等你處理完自己的事情之後……我們再談吧……」我走出了吾川的房間，不帶有任何情緒地……

第二十四話　陌生來電

在這種情況下，我只能找小孟。還好她沒有在這種關鍵時刻來個「您所撥的電話號碼，沒有回應」。

下了班之後，這是我這幾個月來，第一次沒有和吾川先生一起離開辦公室，我約了小孟在公司附近的速食店裡面坐著。

我點了一堆垃圾食物，小孟卻只是坐著看我吃，什麼都沒點。

「你們這種交友網站，難道不會過濾訪客的資料嗎？不會嚴格要求他們的婚姻狀況嗎？竟然介紹了一個已婚的男人給我……」我真的有點不太開心，雖然在幾個禮拜前，我還很開心小孟介紹了這麼樣一個男人給我。

「他自己要輸入什麼資料，我們沒辦法管制呀，只能說妳的運氣太差了……總是會和黃克群錯身……」

「不要再提黃克群了啦，我沒有再把心思放在他身上了……搞不好，黃克群就是我的瘟神，因此我不斷的避開他，就是一件好事呀……」

小孟看著我，沉默不語，我相信小孟知道，我其實很想要聊黃克群的，但是現在讓我心煩的事情卻是吾川先生，因為，我真的還挺喜歡吾川先生的。

「那妳現在怎麼想……要離開公司了嗎？要和吾川分手嗎？」小孟說。

「我好不容易才在這邊上班呀，而且……工作內容我也都還滿喜歡的……我怎麼捨得走……只不過，如果和吾川先生分手了，還留在這邊上班的話，的確是會很尷尬吧……」我不停地攪拌著可樂的冰塊，這使得冰塊融化的速度會加快。

「那如果……吾川先生離婚的話呢？妳就願意繼續和他交往，甚至和他結婚嗎……」

「可能嗎？就為了一個才交往了幾個月的我，然後就決定和他老婆離婚??如果真的如此，我真的不敢想像，我幹了什麼好事呀……」

不知道怎麼說，母親這十幾年來單親撫養我的辛苦，就在這種時候會在腦中出現畫面，如果今天真的是吾川因為我而和對方離婚的話，那麼，不就和當年的父親一樣，而我，竟然成為了破壞人家家庭的人？

只不過，吾川說得也沒有錯……如果說一開始先結婚的對象，是因為還沒有遇到另外一個更喜歡的人，後來真的有這樣的緣分遇到了，也不是不能離婚吧，畢竟，婚姻就是要和最喜歡的人在一起，不是嗎？

當自己身陷這樣的問題之後，我又回憶起當年請月老上身的景象，我問的問題，不就是我現在遭遇的事情嗎？難怪月老會無法回答，因為這種未來的事情，誰可以判斷得了呢？

假設說，吾川先生離婚後，和我結婚了，我們兩人真的白頭偕老，這樣的話，當然吾川說的理論就可以成立，因為，我才是吾川先生的真命天女，我們兩人才是命中注定要在一起的，可是，如果說離婚之後，我和吾川先生結了婚，結果相同的事情又再出現了一次，也就是吾川先生又不知道透過什麼管道，認識了其他的女人，然後告訴我說「這個女人，才是我最愛的，當初和妳結婚，只是因為她還沒有出現」這樣的話，就可以證明，吾川先生，只是個喜新厭舊的人……

然而，愛情真的像我想的這麼單純嗎……

小孟看著我，似乎感到很無助，她的手，溫暖地放在了我的手掌上面，我知道她關心我，只不過，我並不想讓事情更加複雜，如果這時候還加入了同性的情誼，我想，我的腦子真的會爆炸吧……

「心恬……真的無法承受的話，妳可以來找我……」小孟似乎想要留下她家的地址給我，但我張開了手掌，做出了拒絕的手勢。

「小孟，別這樣……我不是……」我感到很尷尬。但小孟似乎一臉茫然。

「我先走了……我再Call妳……」為了不讓事情變得更奇怪，我選擇了趕緊離開現場，畢竟對於小孟的性向，我一直沒有搞清楚過。

離開了速食店之後，我自己一個人搭著公車往我的小套房前進，這幾個月來下班後都是吾川先生開車送我回家，我赫然發現，我竟然連公司到自己家裡面的公車該怎麼坐都不知道。

到站之後，我繞道去了便利商店一趟，當我身邊沒了吾川先生之後，我就回歸成為了一個從基隆到台北租房子，每天省吃儉用的平凡小女生，當這樣平靜下來之後，我才能體會，也許我愛上的不只是吾川先生這個人，還包括了他的生活方式，他帶領我走進的生活方式。

在便利商店溫了一客通心粉的便當之後，我回到了我的小套房。

自己一個人在家裡面轉著小電視的頻道，我知道不管怎麼轉，我的心都不在節目上面，只不過，我必須告訴自己，如果和吾川先生真的分手了之後，這樣的生活，才是我真正要面對的生活。

轉著轉著電視頻道，忽然我的手機響了。

看著手機上面顯示著沒有看過的號碼，我有點納悶，只不過，就在我打算接起來的時候，手機鈴聲就停了。

我不以為意。

繼續地吃著我的通心粉，轉著我的電視頻道的時候，沒多久，手機又響了，我瞄了一下號碼，依舊是剛才那個沒看過的號碼，我接了起來。

「喂喂……」對方聽到我的聲音之後，沒多久就掛了。

這時候的我，才開始感到有那麼一點不尋常……

我索性將電視關掉，躺在了床上，看著天花板。只不過，沒多久，電話又響了，這一次手機響的同時，我聽到了大門外面有人接近的聲音。

我看向手機螢幕，又是剛才那個電話號碼，這次我急了，趕緊接起電話大聲喊著：

「喂，哪位？你再不出聲，我就要報警了……」我大聲叫著。

沉默了一陣之後，對方終於開口了。

「喂，請問妳是Tanya小姐嗎……」一個聲音好聽的女聲。

「……對……我是，請問妳是……」

「我是……吾川的老婆……」我萬萬沒想到，這個事情會這麼快地找上門來，我感到自己的立場很尷尬，整個耳根瞬間通紅。

「妳好……請問……妳有什麼事情嗎……」我的聲音立刻和緩了起來。

「我想要和妳談談……」

「……好……好呀……要談什麼呢？」

「我想要和妳當面談談……」

「現在？」我嚇到。

「是……我就在妳套房外面……」雖然說這樣忽然來訪真的很令人驚訝，但是我自己也可以體會，如果自己老公外遇的話，一定也會這麼急著想要找這個女人吧。

我不敢置信地走到了門邊，扭了把手，門一打開的時候，我看到了一位非常美麗的女生，年紀應該和我差不多，但是五官真的相當精緻，如果在學生時代，應該是稱得上是校花的人……

校花……??

我越看這個女生越面熟，那種溫柔的模樣、講話的聲音，那的確是校花沒錯，那的確是我們高中校花——李潔如沒錯……

我看著李潔如，她也看著我，我想，她應該認不出我來，就是那個當年不小心搶了她男朋友的人，沒想到，現在會是這樣的型態下見面……

第二十五話　再見李潔如

李潔如進了我的小套房之後，我讓出了唯一的椅子請她坐了下來，而我，則是自己坐在了單人床的一角，因為其他地方都被我堆滿了東西。

我迅速地將通心粉的殘骸放進垃圾桶中，然後把可以先藏起來的衣物，一整落地放在了一旁，讓空間看起來，稍微地大一些。

就這樣對峙著，李潔如看來，也沒有準備什麼話要和我說。只見我一個人忙這忙那，最後還從冰箱中拿出了那罐我記得昨天有買回家的紅茶，倒了一杯給李潔如。

「謝謝……」

我這時才有餘裕看清楚李潔如現在的長相，雖然依舊和高中時代一樣美麗，但是不知怎麼搞的，現在的她看起來不年輕，要不是我知道她和我一樣大，我可能會認為她是一個已經超過三十歲的女人。

「我們……是不是見過面……」李潔如講話的聲音很優雅，甚至到了有點虛弱的地步。

「是……我們是高中同學……那個……劉問明……」我為了避免尷尬，我乾脆先把那個男生的名字給講了出來。

「啊……對呀，妳是當時那個女生……哈哈……這麼巧，妳總是……嗯……我們也算是有緣分呀……」在李潔如說了「妳總是……」的後面，我不敢想像，她原本要接的話為何，只不過，已經夠令我尷尬的了。

「原來是妳呀……原來……」李潔如重複了兩次，想必這種事情，一般女人作夢也遇不到吧，被同一個女人，搶了兩次男人……

我尷尬到臉上做不出任何表情來，只是看著李潔如。我沒看過李潔如穿上便服的樣子，因為從前在學校的時候，看到的總是她穿著制服的時候，沒想到她身上的衣服不是P開頭的，就是C開頭的，整套衣服，和我的破爛套房，形成了強烈的對比。

「妳是怎麼樣認識吾川的呀……」李潔如，終於切入了正題。

「嗯……電腦交友，網路交友……」我感到，有一種被質詢的味道。

「很久了嗎？」

「……其實還好……兩個月吧……」

「吾川對妳好嗎??」

「……很好……」

「那妳喜歡他嗎？」

「……喜歡……」

「喜歡到想要嫁給他的程度嗎？」這個問題讓我感到有點比較的意味，因此我的答案說得很硬。

「有，我很想要嫁給他……」

「可是卻有我的存在……??」李潔如這句話一說出口，我的頭，立刻微微地低了下來。我不知道該回答她什麼話。

就這樣，套房內的兩個女人，又安靜了下來。

「……吾川剛才回家了，這幾個月來，第一次回家……」李潔如這段話說得很平靜，但我聽在耳裡，感到很難過。

因為這幾個月都是和我在一起。

「對不起……」我無意識地說出了這三個字。

「不需要的……這不是妳的問題，而是我和他的問題……」李潔如微笑著。

「高中那時候也好，這一次也是，我都不是存心的……」我真的感到很難受，霸占了人家的老公幾個月，總算在今天人家回到了家裡面。

「當他一回家，我就知道事情出問題了……」

「什麼意思？」

「他回家之後，立刻和我說了關於妳的事情，因此，我才會來到這裡，想要見見妳……」李潔如依然一派優雅，這和我印象中的她，有點出入。

「對不起，我會退出的……很不好意思破壞了你們家庭……」我低下了頭，看著李潔如我想起了我的母親，我是萬萬不能做這樣的事情。

「退出？妳如果現在退出，才真的是罪人了……」

「什麼意思？」

「我和吾川，已經回不到從前了……妳如果現在忽然退出，不但妳失去了妳的幸福，吾川也不會開心，而我們之間，更是會依舊糟糕下去……」

「妳來找我，不是想要我退出？」我露出了驚訝的表情。

「就在他和我說完你們的事情之後，我已經簽了離婚協議書，我已經提出了離婚的要求……」李潔如說得平淡，我卻聽得面無表情。

「為了我，你們離婚……？」我感到我嘴唇有發抖的跡象。

「我說了，和妳無關，妳只是個使者……」李潔如的用字遣詞，讓我感受到像是和吾川先生說話的感覺。

「使者？」

「對呀，妳只是個使者，前來告訴我們兩人，時間已經到了，不需要再拖下去了，就算沒有派遣妳來，我們也依舊會離婚的……」面對著眼前對於離婚如此沉靜的李潔如，我對照起自己老家的母親，有種強烈的違和感。

李潔如拿起茶杯，喝了一口紅茶。

「這紅茶很好喝，謝謝……我該走了……」李潔如站起身子，就打算離開，而我卻還在震驚於他們要離婚的打擊之中。

一直到李潔如走到了門邊，問了我一句話：

「請問這個門要怎麼開？」我才清醒了過來，趕緊走到了門旁邊，幫忙著李潔如打開了我的套房的門鎖，李潔如就打算踏出我家。

「對了，我忘了妳中文名字……」李潔如說。

「心恬，我叫做心恬……」我已經很多年沒有這樣自我介紹過了。

「心恬，我會在幾天之內，就把離婚辦妥，如果你們願意的話，還是趕緊結婚會比較好一點。」

「……這建議……」我有種感覺，像是李潔如脫離了地獄之後，希望找個人下去地獄，以後可以和她分享痛苦的感覺。

「我離開，不就是你們要結婚的最大原因嗎？我只是希望不要讓我這個婚，離得莫名奇妙……所以，趕緊結婚吧……」

最後李潔如在講這番話的同時，我忽然覺得她是放掉了很多事情，我忽然覺得，她的嘴角洋溢著笑意，我忽然覺得，我反而才像是受害者，正要投入一波又一波的煎熬之中……

第二十六話　別了小孟

李潔如說的話都是真的。

不到一個禮拜的時間，吾川先生興高采烈地跑到我辦公室，只不過礙於我身邊的閒雜人等過多，吾川先生壓抑著自己的喜悅，招著手要我到他的辦公室裡面。

等到辦公室門一關，吾川先生臉上止不住的笑意。

「簽字了……我不知道她怎麼會這麼容易放棄，我的老婆，不，應該說前妻願意和我離婚了……」我沒看過冷靜的吾川先生，臉上曾經出現過如此開心的表情，這應該可以說明，他是真心喜歡著我，並且認為我比他的前妻，更適合他的婚姻生活。

「她簽了字……又不代表什麼，就代表你們離婚而已，對我來說，有什麼好高興的嗎？」我故作事不關己狀，事實上，我當然心裡有數，接下來，吾川先生會對我說出什麼樣的話。

「……Tanya，我在這裡，正式地邀請妳，成為我未來家庭的一分子，我希望，可以和妳共度之後的生活，請妳，嫁給我好嗎？」吾川先生並沒有下跪，手上也沒有鮮花，我也沒看到什麼令人驚喜的婚戒或是禮物，只不過，那幾句話，他說得非常誠懇，誠懇到足以令我的眼眶發紅，下意識地點了點頭。

吾川先生緊緊地抱住了我，我們兩人，很簡單，很快速地決定了我們的婚姻大事。

在那之後的三個月裡面，事情過得相當擁擠而忙碌，準備婚禮、準備喜帖、準備宴客名單、準備婚紗……事情多得比我要企劃一個雜誌的服裝單元還要複雜得多，然而對於吾川來說，他竟然是氣定神閒、指揮若定，彷彿一切流程，都在他的掌控之中。

我知道因為他結過婚所以很熟悉所有細節，但我並不是那麼喜歡這種感覺，畢竟兩個人要同步地感受到新鮮，感受到喜悅，我認為才是結婚的重點所在。

不過，這些感覺，很快的就讓我忙碌的行前準備給掩蓋過去了，我帶了吾川先生回到基隆，介紹給了我那唯一的老媽認識，原本打算讓我最好的朋友小孟也認識一下，無奈這段時間裡面，不管是msn或是手機，小孟都像是人間蒸發了一般找不到人，我刻意不去推敲小孟的心情，畢竟不管怎麼說，我要結婚了這件事情，她可是一定要當作喜事來慶祝不可的。

三個月過去了，時間很快地推進到我們喜宴的當天，吾川先生的人面廣闊，因此喜宴一開始，吾川先生站在了會場的最外側，不斷地迎接著來往的客人，我則是一個人和化妝師，躲在了新娘房內，準備著我身上的新娘妝，最後的點綴。

在幫我補強了臉上的腮紅之後，化妝師的肚子，似乎出了點問題。

「Tanya，不好意思，我去一下廁所……」也沒等我回應，化妝師很快地推開了新娘房門，往外走了出去，而當門還沒來得及關起來的同時，小孟低著頭走了進來，回頭看了一下往外走出的化妝師，小孟開著玩笑說：

「急什麼呀，又不是他結婚……」說話的小孟當天穿得十分帥氣，西裝加上了紅領帶，簡直比男人還要英姿煥發。

「妳今天再不出現，我可能就要和妳絕交了……」看見小孟，我的心裡踏實了不少，畢竟結婚這種大日子，最好還是需要有熟人在身邊才對。

「別這麼說，我不是出現了嗎？」小孟雙手一攤，故作無奈狀。

「看看妳，心恬，從小到大，妳都這麼美，今天也是……我想，沒有人會比新郎更幸福了，娶到了妳真的是他的福氣……」小孟說得感人，不禁讓我紅了眼眶。

「小孟，可是我有點怕……」

「怕什麼？就結婚呀……吾川先生不錯的，我的程式配對出來的人……」

「我搶了人家的丈夫……」這的確是我這婚姻裡面，最讓我心中有疙瘩的地方。

「……那不是妳的問題，是吾川先生的選擇……」

「妳知道她的前妻是誰嗎？」

「誰？」

「是李潔如……我竟然搶了她的男人兩次……我每次想到這事情，我心裡就很不踏實……」我極力不讓眼眶中的淚水滑下來，畢竟我整張臉的妝，都已經化得很完美了……

「……心恬，這沒有辦法，世界上的事情就是如此呀……妳能說妳最愛的人就是吾川先生嗎……也許還是黃克群學長，對吧……可是，妳不一定會嫁給他……李潔如離開了吾川先生，可能有機會，會遇到屬於她的黃克群學長，對吧……」小孟說出了很有哲理的話，但，我一時之間，有點無法體會。

「妳是說……我害他們離婚，不見得是壞事……」我用手指稍微地撥了一下假睫毛，就怕眼淚滴了下來。

「沒有一件事情，是壞事情……心恬，懂嗎……在愛情裡面，沒有一件事情，是壞事情……沒有一件事情……」小孟重複了三次，而且是加強了語氣地說，我真的覺得，小孟就像是個男人，堅強得讓我想要倚靠她。

「……嗯……」我點著頭。

「就像是……我要離開妳了，這件事情……也不是壞事……」小孟的聲音趨於緩和，瞬間讓我起了錯覺，難不成，是我聽錯了她說的話。

「什麼意思？小孟，妳剛才說了什麼嗎？」

「心恬……我得要離開妳了……到了妳結婚這天，就表示，我不應該再陪伴在妳身邊了……」我曾經想過這樣的事情，也許我結了婚這件事情，會對小孟有特別的感受，現在小孟親口說出了這樣的話，更證實了我心中想的，小孟對我的感情，的確是有超乎好朋友之間的界線。

「為什麼？」我站了起來，沉重的新娘服卻無法讓我走太遠，我只能站立起來，伸出雙手希望可以握住小孟的手。

「……心恬，我不能告訴妳原因……這是我自己的祕密……但，請妳相信我，我愛妳，我會一直關心妳……」小孟體諒我無法走動，往前走近了一步，伸出了大大的雙手，環抱住了我。

那感覺好溫暖，好溫暖，我幾乎捨不得放開小孟的雙手，只不過，在深深的擁抱了十秒左右，小孟鬆開了她的雙手。

「心恬，我要走了……以後，我也許不在妳身邊，但我相信，感情這條路，妳一定會走得非常順利……祝福妳……」小孟最後的笑容十分地甜美，接著她轉身離開，打開了新娘房的大門之後，只剩下了我獨自一個人。

不知道經過了幾分鐘，飯店的工作人員打開了新娘房門，大聲喊著：

「新娘，該妳出場了……」

我用衛生紙偷偷地擦拭著眼角的眼淚，深呼吸了幾口氣，我決定暫時先放下小孟的事情，準備迎接，我人生中最重要的慶典。

小孟，不管妳是什麼樣的性向，我都會把妳當作是最好的朋友……我在心裡，如此地喊著……

第二十七話　似曾相識

夢幻婚禮之後，小孟真的就消失了，我沒有刻意去找她，因為我可以想像，我結婚了的這件事情，對她的打擊有多大，只不過，我還是必須做這個決定。

結了婚之後的生活是甜蜜的。或者應該說，我從來沒有想像過，婚姻生活可以如此幸福。吾川先生早逝的雙親，讓我們的婚姻，少了一層問題產生的原因，而吾川對於老婆的呵護，更是遠遠超過我所能夠想像的範圍。

一直到結婚之前，我才知道，吾川先生在台北最精華的地段上，買了棟豪宅，在他們離婚之前，李潔如一直住在那個地方。

在這棟豪宅裡面，有三個傭人、兩個司機，不但出入方便，更有專人幫我處理各方面的事情，而結婚之後，吾川先生要我辭去「城堡出版社」的工作，專心地在家裡準備懷孕生子，每天，我的生活都過得愜意非常。

偶爾，我會到五星級的飯店裡面，享受高單價的下午茶，偶爾，我會到最高貴的百貨公司裡面，採購一些屬於我和吾川先生的日常用品，偶爾，我更會以老闆娘身分，到每一間分公司裡面，去走走看看。

這樣的日子，在初期的三個月裡面，我感到十分地新鮮以及充實，只不過，隨著時間一天天過去，我開始對於自己沒有一件實質應該做的事情，感到了無奈。

吾川先生固定在每一天晚上七點左右會回到家中，而我會在六點之前，就命令傭人將晚餐準備好，務求讓吾川先生一回到家，就可以吃到熱騰騰的飯菜。

新婚的三個月內，我們兩人就像是一對模範夫妻，我甜蜜地對待著吾川，他也忠誠地回應著我，每一天晚上吃完晚餐之後，我們會一起到附近的公園走走，散散步，甚至牽著我在蜜月旅行回來後，吵著要飼養的貴賓狗，吾川會在散步的時候，牽著我的手，用手指頭細膩地揉著我的手背，這些小動作，總是讓我們在晚上上床之後，增添了更多的情趣。

每一天早上我也會比吾川先生早起，雖然早起只是為了提早吩咐傭人準備早餐，但是我希望他一早起床看到我之後，是已經略施胭脂，而不是一臉睡意。

我會定期地幫吾川先生準備新的領帶、添購新的襯衫，讓他在出入各種場合時，都可以有合宜的打扮。

我很拚命、很拚命地做著一個名人的太太該做的事情，因為我認為，李潔如一定是哪個部分沒有做好，才會讓吾川先生在外面產生了別的需求。

一切，都很美好……一切，都很美好地經過了三個月，最初期的三個月……

某一天晚上，我依照慣例，就在六點左右，請了傭人準備了今天的晚餐。如果沒記錯的話，這天的晚餐是薑母鴨，我特地請傭人做了重口味希望可以合吾川先生的胃。然而，就在一通電話之後，我知道，故事的劇情，被改寫了。

「……Tanya，我今天不回來了，公司有點事情，我會到陽明山別墅那邊過夜……」

「……可是晚餐都……」我話沒說完，吾川先生那側已經很快速地回了話。

「不好意思，客戶一直在北投這邊應酬，我明天就回去了……」吾川先生說得婉轉，我也不好再堅持下去。

「好……不要喝太多酒呀……」沒有得到回覆，彼端已經切斷了電話。

我聽著「嘟嘟」的電話聲響，一個人若有所思地坐在了餐廳中。

我也許有那麼點預感……惡魔的劇本，已經悄悄地展開了……

隔天晚上，吾川先生回到了家中，只不過臉色欠佳，一回來便走進寢室中倒頭大睡，我估計，應酬的夜晚，喝了不少的酒。

沒料到，再隔一天的晚上，差不多的時間，差不多的電話內容。

「Tanya，我今天不回家了……公司有點事情，我得要待在這邊很晚，我可能會去睡淡水那邊……」

我沒多說什麼，似乎吾川先生說了這樣的話之後，我也只能聽從而已，畢竟，我就只能聽從……

只不過，從第一天開始，從兩天沒回家，三天沒回家，一直到四天五天沒回家，我赫然發現，這事情，竟然變成了常態……

我每天依舊可以到高級餐廳喝喝下午茶，也可以到百貨公司Shopping，可是，我竟然失去了到公司裡面走走的勇氣。

晚上的時候，我會吩咐傭人準備晚餐，只不過，是我自己一個人進食，吃完晚餐之後，我會要求傭人帶貴賓狗出去散步，只不過，我的身邊，變成了印傭，我不了解生活的轉變怎麼會如此之快，我也不懂，究竟我和吾川先生之間，發生了什麼樣的問題。

當我的情緒累積到了一個程度，吾川先生就會出現，回到家中，告訴我他的工作發生了什麼不順利的情況，而每一次，我都會因為這樣的訴苦，就原諒了他沒有回家的惡習。

事實上，我甚至告訴自己，沒有回家又算得了什麼，他就是一個成功的商人，專注於在他自己的事業上，身為一個他背後的女人，我應該要支持他，體諒他，讓他得到更多的後盾才對。

然而，回到家中一趟，就意味著，他下一趟要更久之後，才會回到家中，而我，就這樣過著所謂的婚姻生活，過了一年。

這一年裡面，我覺得自己每天度日如年，我覺得自己生活毫無意義，簡直就像是個死屍般地存在著。

終於，我忍受不了這種情況，在某一天午後，我獨自，來到了「城堡出版社」，或許是想要回到以前工作的感受，或許是我有某種預感，總之，我在沒有通知吾川先生的情況下，我來到了公司，走到了那個先前屬於我坐的位子前面。

我看到了一個端莊秀麗的女子，就這麼坐在了我的座位上。我不知道這是哪位，但我有很強烈的直覺，她，正扮演著我先前的角色。

女子認不得我，於是我上前與她攀談。

「請問，吾川先生在嗎？」

「請問，您有預約嗎？」

「對不起……我沒有預約……」

「如果沒有預約的話，是不能夠和吾川先生見面的……」女子的話說得堅定，一時之間，我倒有點搞不清楚自己的身分了。

「我是……」就在我想要表明自己的身分時，女子桌上的電話響起，透過話筒，我聽見了吾川先生在電話那頭對女子說的話。

「Grace……現在進來我辦公室……」女子聽著電話，眼睛卻直視著我，我坐在這個地方上過班，我非常清楚，整間辦公室裡面，吾川先生，是不會叫任何人進去他辦公室的……

「不好意思……請您下一次預約之後，再來見吾川先生吧……」這名被稱為Grace的女子冷冷地給了我個微笑之後，緊接著轉身離開了我的視線，我知道，那個方向，是朝吾川先生的辦公室前去的。

辦公室裡面還有著其它的同事，有一些應該是認得我，有一些我沒有看過，只不過當我聽到了周圍有著低聲呢喃的討論聲時，我確信，這個Grace和當年的我一樣，只有一個人被蒙在鼓裡，只有她自己一個人不知道吾川先生的婚姻狀況。

我吐了一口氣，看著前方辦公室的大門，我似乎看到了李潔如的背影，曾經在我還在這座位上工作的時候出現過，只不過，那個背影如今已經轉變成為我的身影，黯然地離開這家「城堡出版社」了……

第二十八話　戲碼

坐在了信義區的豪宅當中，我想，我大概知道了這個劇本的戲碼為何。吾川先生擁有著龐大的事業體，更有著過人的幽默感和社會地位，當初的我，不應該想都不想就這樣與他結婚，畢竟，我根本連他是個什麼樣的人都沒搞清楚。

在吾川先生的豪宅中，我想，這樣的故事，這樣的女主人，可能是不停地更迭著，也或許，在這幾個印傭的心目中，我根本不算是什麼女主人，因為女主人，隨時都有可能被替換掉。

我坐在了梳妝台前面，看到了自己的臉上，出現了我曾經在李潔如臉上看過的憔悴，出現了我曾經在母親臉上看過的無奈，我也看見了自己的眼淚，無聲息地從眼角處流出，無聲息地表達著情緒。

就這樣，自從我去過「城堡出版社」之後的一個禮拜過後，吾川先生總算又回到了家中，這一天晚上，看起來他有著想要表達的心事。

「Tanya，我有件事情想要和妳說……」吾川先生回到了之前會與我正經說話的姿態，不再是回到家中，就又準備出門的過客。

「你說吧……」我知道，我面無表情。

「是這樣的，我們結婚這一年來，我一直在思考一個問題，那就是，當初我們結婚的時候，到底有沒有考慮清楚，如果說，我們的將來，是賭注在一個與對方不合適的人身上的話，這個局，到最後我們兩人都會輸掉籌碼……」

因為不知道吾川什麼時候會回家，哪一天會回家，因此當他看著我的時候，他應該發現了，我的臉上脂粉未施，臉色蒼白得有如病人一般。

我冷冷地，看著他。

「……吾川先生，我聽不懂……我聽不懂你那有水準的用詞和比喻，你可以告訴我白話嗎？」我發現，我講話的音調，很平，我覺得，好像我聽誰用過類似的語氣說話。

「好吧，我應該這麼說……在遇到妳之後，我以為，妳就是我這輩子的最愛了，因此我決定離婚，和妳在一起長相廝守，但是我沒想到，最近，我又認識了一個女孩子，我發現，她才是我的最愛，只不過，我們兩人認識的時間……太晚了……」吾川先生說得流利，我聽得無力。

我曾經，在結婚前，就思考過這樣的問題，如果真的是時間錯過的問題，而導致吾川先生一直沒有遇到真命天女的話，我認為，我的出現，該是吾川先生流浪的終點；然而，如果說，吾川先生再一次地出現這樣的情況的話，那就表示，這戲碼演的，根本就不是真愛的戲碼，這是一齣，關於吾川先生的劣根性的戲碼……我一直不想去面對的問題，沒想到，才過了一年，就發生了……

「……怎麼和我爸一樣呀……」我的口氣沒有變，但我知道，我內心的哀傷加倍了。

「妳說什麼？」

「你說的藉口，和我爸一樣呀……哈哈……男人，都是這樣善待自己的嗎……」我想起來了，我想起來自己說話的語氣像誰，像誰……??

李潔如。

和一年多前，李潔如來找我的時候，說話的語氣一模一樣。那語氣裡面充滿的是一種認命，一種看破，一種無力再向世界爭討些什麼的悲哀。

「Tanya，這不是藉口，我真的愛她，我認為，Grace才是真正我的真愛，這一次，不會錯了……」吾川先生，依舊可以把任何事情說得動聽，只不過這一次，我已經聽不進去了。

「你知道，李潔如，你的前妻，在你們離婚之前來找過我嗎？」我說。

「……我不知道……這事情和那事情沒有關係……」

「你知道，她來找我的用意是什麼嗎？」

「我不知道……」

「李潔如想要看看，是哪個倒楣鬼，接下了她的角色，這齣爛透了的戲碼，女主角，女被害人，該輪到誰來演……」我說話還是很優雅。

「Tanya，不要這麼說……事情沒有那麼嚴重……只不過是時間錯了，我們兩個提早相遇了，我和Grace太晚認識了，否則，這一切，都沒有問題，沒有人會受傷，沒有人會被害……」吾川先生，不愧是文藝界的巨擘，任何醜惡的事情，都可以在他的文字敘述下，化為一段段經典的愛情戲碼。

「我沒有去找Grace……我不想上演一樣的劇情……」我的聲音，逐漸提高了。

「Tanya……」

「為了和你結婚，你不知道我下了多大的決心……」我慢慢地，走向了吾川先生。

「Tanya……」

「為了和你結婚，我讓最好的朋友，離開了身邊……」一步一步地。

「Tanya……」吾川先生此時，反而有點退縮。

「為了和你結婚，我決定放棄從小就喜歡的男生……」我拿起了桌上的菸灰缸，高高地舉在了手上。

「Tanya!!」吾川先生總算是急了，大聲地喊著我的名字，只不過，他的聲音，對於我而言，並沒有任何威嚇的作用。

我用力地將菸灰缸，砸在了地面上，發出了清脆的響聲，貴賓狗嚇得狂叫，就連印傭也跑了出來。

吾川先生和我兩個人站在客廳裡面，動也不動。我依然覺得，自己的舉動非常地優雅，總覺得自己現在的行為，就像是校花附在了我的身上。

破碎的菸灰缸碎片，彈到了我的腳邊，甚至劃破了我的腳掌皮膚，我看見了紅色的血液，緩緩地從我腳底滲出，不是太多，卻足以讓我的每一步，都沾滿了血跡。

「Tanya……妳的腳……」吾川先生這時候還有點憐憫我的語氣，這一點讓我稍微地恢復了理智，他不明白我的舉動背後的意義為何，只是眼睜睜地看著我，踩著一步又一步的血腳印，走進了房間，再走了出來。

「離婚協議書，我已經簽了……你可以趕緊和你的Grace聯絡，告訴她，你已經離婚成功了，我想，這足以讓你們兩個人的擁抱多延長個五分鐘……」我保持著優雅，頭髮卻散亂著。

「Tanya……謝謝妳體諒……」吾川先生依舊活在自己的理論當中，這讓我感到了相當程度的恐懼。

我這時回想起了李潔如當時和我對話的情景。

「心恬，我會在幾天之內，就把離婚辦妥，如果你們願意的話，還是趕緊結婚會比較好一點。」李潔如當時如是說。

現在的我，懂了。

如果沒有結婚的話，我是不會體諒李潔如被軟禁在這豪宅內，卻又坐立難安的無力感，如果沒有結婚的話，Grace就還是當年的我的角色，不會進階到李潔如的角色……

想起來，李潔如的優雅背後，充滿了怨恨呀……我想著李潔如的心情，說出了自己認為該說的話，我認為，這無間地獄的戲碼，應該要落幕才是。

「不用謝我……我只希望你答應我一件事情……」我緩緩地說，當然，語氣還是要保持優雅。

「妳說……如果我做得到的話……」我想，吾川先生想的應該是要給我多少錢的事情吧。

我摸著自己的良心，緩緩地說出了這句話。

「離婚之後……希望你們兩人……可以盡速地結婚……」我果然，還是無法背叛自己內心的想法……

「Tanya，謝謝妳，我一定會的……」吾川先生開心地笑著，我知道，我的嘴角，也微微地上揚了……

別了，這間我人生中短暫住過的豪宅……

第二十九話　窩

二十七歲這一年，我回到了基隆，原因是，我離婚了。

我的老家依舊在鐵道的前面，只不過隔壁幾個鄰居，都已經變了模樣。隔壁左手邊的國術館依舊存在，但是小時候那個打猴拳的阿善師已經過世，接下國術館的竟然是他的夫人，繼續幫我們社區的居民服務著各類型的跌打損傷。

再過去的中藥行已經關門，換成了一般的民宅，而隔壁的漫畫店，從那原本在顧店的阿婆，換成了年輕女孩，整間店，也變成了在台北市到處可以看到的連鎖漫畫店。

比較可惜的是最有特色的那兩戶養豬戶，聽說在我讀大學的時候就已經遷走，當年那個阿霞阿姨不知道有沒有研究出豬隻配種的改良技術。

那一年多的婚姻裡面所購買的衣物，我全數放在了吾川先生的家中，對我而言，那不屬於我的，我也不會帶走，只是把之前自己一個人住的時候所擁有的東西，搬回了基隆老家，回到了小閣樓上，那個不滿一百五十公分的空間當中，我忽然覺得，屋頂，變得好低，似乎生活，也變得好窄……

老媽對於我搬回家的原因一個字不問，看著我提著大包小包的行李，母親只是出手幫我搬到樓上，接著就問我之後有什麼打算。

「攤子有缺人手嗎？」我問。

母親點點頭，就這樣，我沒有休息，從第一天搬回基隆之後，第二天開始我就每天到攤販上，幫著母親，端菜、洗碗，招呼客人。

「心恬長這麼大了呀……」有些老客人，從小看著我長大，也知道我小時候出名的經過，不免會問東問西。

「心恬現在這麼漂亮，結婚了沒……」當客人問到這問題的時候，母親會狠狠地瞪上客人一眼，只不過，我早有心裡準備。

「……沒結婚，小姑獨處呢……」

「那好呀，對面巷子那戶姓王的，家境不錯，聽說有個兒子，年紀和妳差不多，也是找不到媳婦兒，聽說正在託人找著，妳不會排斥這種事情吧……」

「不會呀……」我一邊整理著桌上的碗筷，一邊回應著，我知道我自己的心中，現在對於什麼事情都很難提起反應，總之，事情該來的，就讓他來吧。

回到基隆後不到兩個月，颱風又來了。

母親那天早早地就收了攤，母女倆趕緊回家把房門緊鎖，只怕發生了什麼意外。不過，人家說日據時代遺留下來的建築物就是特別牢靠，聽得外面風聲不斷，我們屋內卻相當平靜。

「心恬，心恬，想吃宵夜嗎？」我估計母親喊我的時候大約是晚上十一點左右，我聽見了她的聲音，卻沒有回應。

母親躡手躡腳地走上了樓梯，進了那間高度不到一百五十公分的房間裡面，在窗戶外閃電的閃光下，母親看到了我獨自一人坐在了窗戶邊，那情景，就像是小時候我上了樓梯之後，看到了母親獨自一人的景象。

母親沒說什麼話，在我身邊坐了下來。

窗外的風雨劇烈地嘶吼著，和屋內我們兩母女一言不語的氣氛，形成了絕大的落差。

沒多久，我感受到了身邊母親的體溫，我開了口。

「媽，爸離開的時候，就是這種天氣……對吧……」我們母女倆，這十幾二十年來，都不曾講過這件事情。

「嗯……好多年了呢……」母親說著話，我很自然地將頭，靠放在了母親的肩膀上。

「……媽，妳好辛苦……這麼多年了，一個人……」我在說這些話的時候，並不是帶著感謝的心情，而是純粹認為自己可以體會母親這段時間以來，自己面對離婚的壓力，那種勇敢與獨立，是我自己心疼自己的另一種感受。

「……」媽媽沒有回答，只是將手掌放在了我的手掌上面。我沒來由地，就被母親的這樣一個動作，給惹哭了，鼻頭一酸，眼淚，就這樣從淚腺的一端，不停地分泌，越哭，越傷心，越哭，越無法控制自己，到最後，我乾脆整個人轉過身子，抱著母親，放聲痛哭。

窗外的颱風也像是和著我的哭聲般，淒厲地拍打著我們家外緣，風聲，雨聲，女人的哭聲，偶爾夾雜著一、兩聲東西被吹起掉下，或是招牌整個墜地的聲音。

一夜過去，我覺得我的人生，也應該如同颱風過境般，該留下些什麼，卻也不該留下些什麼。

我整理了自己的心情，準備要迎接新的生活，我不認為那一年多錯誤的婚姻，應該影響我什麼，至少，我比母親幸運太多，還沒有留下任何可以提醒自己，有過那段婚姻的證據。

我笑臉迎人，帶著十足的朝氣和母親到了攤販，我大聲地招呼著客人，希望可以藉此回到我年輕時期的精神。

而這時候，一直試圖來說媒的老客人劉叔叔又來了。

「心恬呀，我之前說的事情，妳考慮得怎樣了呀，妳才二十七歲，應該要好好地找個好男人，嫁了之後妳媽也才比較安心呀……」劉叔叔一邊吃著母親炒的烏龍麵，一邊喝著啤酒說。

「我不排斥呀……」我的手上端著兩碗白飯，正從劉叔叔的身邊經過。

「不排斥，不排斥的話我就來安排呀，我上次說的那個姓王的人家，那個兒子聽說很不錯，如果妳點個頭，劉叔叔就幫妳安排個周末，反正見個面，也不會有什麼影響，怎麼樣……怎麼樣？」劉叔叔這件事情，實際上提了已經不止五次，每一次我都說「再說……」來敷衍過去。

我送了兩碗白飯給隔壁桌的客人之後，我的動作停了下來，接著，轉過身看向劉叔叔，在自己的心裡頭，做了個決定。

「好呀，劉叔叔，你來安排，我會赴約……」

「真的?!那太好了……那太好啦……」劉叔叔人胖，笑起來，連眼睛都不見了。我對於自己答應了這樣一件事情，感到很輕鬆，也許，藉由相親，我就可以認識不錯的對象，愛情，其實在什麼樣的地方，都可以展開……

正當我打算蹲下來幫母親將收回來的碗筷做個沖洗的時候，我聽見了母親和某個客人的對話。

「請問，妳知道這個照片，是什麼地方的照片嗎？」一個男聲。

「……這是學校吧……不過我看不太出來耶……」沒多久，我聽見母親回答的聲音，看來，不是個來吃東西的客人，反而是來問路的。

「心恬……妳知道這是哪裡嗎？」不久之後，母親向我求救了。我擦了擦手上的泡沫，起身站了起來，從母親的手上接過了那張客人詢問她的照片，那是一張風景照，主要是山景以及部分學校的景色，那學校的部分，有著相當大的排球場，而且，那是我看過的地方。

「……這是我的國中呀……」我笑著，看向了那名問路的人，那是一名留著落腮鬍、頭上戴著頂咖啡色帆船帽的男人，背上揹了個大背包，看起來像是個旅遊世界各地的背包客，胸前還掛了非常專業的單眼大相機。

「妳的國中……那……請問妳可以帶我去嗎？」背包客講話非常誠懇，只不過一時之間，我不知道該如何回應，因為我希望我可以帶他去我的母校，只不過，正在幫忙母親做生意的我，這時候抽身是不太適合。

「可以是可以……但現在不行……」我說。

背包客看起來有那麼點失望，只不過，很快地他又想到了解決的方法。

「……我就住在前面的旅館裡面，為了要來拍基隆的風景，所以這三天，我都住在這邊，不知道哪一天妳會有空？」背包客說。

我撇頭看了一下前面的「港都旅社」，的確離我們攤販不遠，而隔天星期日母親的攤販也是公休，我順理成章地回答：

「那就明天吧，明天可以……」背包客聽到我的回答，高興地笑了。

「太好了，那明天傍晚，我們約在這裡，方便嗎……？」

「嗯……」我點著頭。正打算蹲下身繼續洗碗的時候，我像是想到了什麼。

「請問……你這張照片，是從哪裡來的呢……」我問。

「是從一個部落格上面下載的……」

「部落格……??」我有點疑惑，誰的部落格，會把這張照片放在上面呢？

「一個叫做『小孟的部落格』，裡面他列舉了他最愛的五個風景……這張照片，列在第一名……」

聽到了小孟的名字，我的心，像是被溫柔地撫摸了一下，果然，在她的記憶裡面，有我在的時間，還是她最重視的……在經歷了婚姻的噩夢之後，我多麼希望，可以再一次，見到小孟……

我將身子往下蹲，帶著微熱的眼眶擠了點洗碗精在沾著油漬的碗盤上……

第三十話　最熟悉與最愛

在與背包客見面的隔天傍晚，我穿著輕便的運動服，在約定好的時間，出現在母親的攤販前面，當然，母親今天並沒有營業。

我一直朝著「港都旅館」的方向看著，想像背包客會從這個方向走來，沒料到等了幾分鐘之後，忽然有人拍了我的背。

「不好意思，讓妳久等了……」背包客的聲音。

我轉身，看著眼前的背包客霎時之間一句話都說不出口。

「我想說還有點時間，到那邊的理髮廳去了一趟，順便把鬍子頭髮都修了一下……」背包客的整片落腮鬍都被剃光了，原本戴著帆船帽的亂髮，看起來也修短了不少，整個臉清爽了許多的他，看起來竟然和我的年紀相仿。

更重要的是，看著看著，我竟然覺得他面熟了起來。

「……你是昨天那個……」我比手畫腳著，卻不知道該怎麼形容昨天的他。

「對……我就是昨天那個……」他也學著我比手畫腳了起來，動作十分地逗趣。

我笑了出來，但卻一直想不起來，我曾經在哪裡見過他。

「……好吧，你很幽默，請問，我要怎麼稱呼你……」

「阿男，大家都叫我阿男……」當背包客說出了他的名字之後，我整個人，有如晴天霹靂般地震撼。

「你是××大學的阿男……??」我驚叫著。

「ㄟ?妳是我大學同學嗎?」阿男也驚訝了起來。

「我們見過面……曾經……」我試圖，平撫自己的激動。

只不過，這份激動要消弭掉，可不是太容易的事情，在我已經對於愛情如此灰心之際，竟然又出現了某個曾經是我暗戀的對象，這叫我，要如何平靜得下來，更何況，現在的阿男看起來，比起大學時期，更成熟、更有魅力。而且從他的旅程看來，他一直都沒有離開過關於攝影的工作。

只見阿男左思右想，他似乎無法想起，我和他曾經在什麼情況下見面，事實上，如果說那麼驚鴻一瞥的相遇，可以在他心裡留下印象的話，現在的我，可能才真的是要說不出話了。

「不好意思……我們在哪裡見過……??」阿男終於向記憶投降。

我將那一段進教室上課，後來兩人搶位子撞倒之後的過去，說給了阿男聽，只不過，當然不包括了我對他的感覺。

「後來，妳和大衛交往了……」這樣一路走著走著，我們兩人已經走在了往我母校的路上。

「對……」我知道後來阿男被退學了，因此也失去了和這些同學的聯絡，自然，大衛交了什麼樣的女生，對他來說，是完全不重要的……

就這樣一路聊著過去的事情，我從阿男的口中得知了，被退學之後，他開始跟了某位攝影大師學習，甚至在台北接了許多不同的case，包括了雜誌的攝影……

那怎麼會沒有配合過呢，我那幾年時尚雜誌的生涯，難道，又錯過了嗎……我心裡想著……

沒多久，我們走上了我的國中母校。

在基隆這個地方有個非常奇妙的特點，那就是每一所學校，幾乎都在半山腰上面，因為基隆三面環山，一面環海，因此要利用地形，就得要在山坡上建設，也因此每個基隆小朋友，小時候都是爬山上學的。

學校看起來和我小時候讀書的時候沒有太大的差別。操場上的欄杆依舊，排球場的網子也掛得非常工整，只不過，排球場的地面，有了些時間的摧殘，看起來不像以前那麼地平坦了。

阿男拿出了那張從網路上下載的照片，遠遠近近地比劃著。

「這張照片不知道是從什麼角度拍的，看起來，似乎從這個角度看過去的取鏡，是最美的……」阿男四面八方地看著，我卻是一句話不說，就往操場邊的欄杆區走去。

「應該是從這邊看過去的……」我根本不需要思考，就可以知道，一定是後來的某個時候，小孟自己回來學校，從這個角度，回想我們在一起的時光，拍下了這張照片。

阿男隨著我走了過來，比對了一下照片和角度，點了點頭。

「的確是從這邊拍的，很奇妙，我自己從這邊看過去，除了那空曠的排球場之外，我感受不到這個景，有多美……只不過透過他的照片，我卻覺得，這邊是個可以拍出很美風景的照片……想必，拍照的人，對於這裡，有著極深厚的感情……」

聽著阿男的話，我看著排球場，雖然這時候是假日，沒有什麼學生在球場上，但是我的眼中，卻依稀可以看到當年薛文學長、黃克群學長，舉球以及殺球的英姿，當然我也可以回味到，小孟陪在我身邊的溫暖。

不知不覺地，我的眼眶，又緩緩地熱了。

「不介意的話，我就自己在這邊拍幾張照片了……」阿男從他的背包中，拿出了他的相機，已經開始四處的取起景來。

「嗯……不用理我……」看著大學時期的阿男，在我國中時期的母校，然後回憶起國中時期的暗戀對象，我的心中，總有著那麼點時空錯亂的感受，如果這些事情可以和小孟分享的話，我覺得，我會更加高興……

思緒一路從國中、高中、大學，走到了出社會，我在想，如果我堅持不和吾川先生結婚的話，繼續留在台北，繼續尋找和時尚雜誌相關的工作，或許我會在那個城市裡面，遇見黃克群，也或許，我不用經歷那一段讓我幾乎死亡的婚姻，又或許，我和黃克群學長，會有一段浪漫的邂逅……只不過，在我經歷過這些事情之後，我真的很想問，愛神也好，月老也好，時至今日，我都還在您的詛咒當中嗎？難道，今天的阿男，又是另外一段折磨的開始嗎……??

在我出神的時候，我忽然聽見快門的聲音，離我不遠，我微微地撇著臉，就看見了阿男正拿著相機往我這邊猛拍，我相信我的神情，是呆滯的。

「不要拍我……我都沒有化妝……」我忙著用手擋住臉。

「沒化妝才好看呀……我最不喜歡台北那些女生，每個都濃妝豔抹……」阿男的話讓我有點驚訝，卻也讓我有點放鬆。

我放下了擋在臉前的手，任由阿男的快門恣意地開闔著，也許，當時會喜歡上阿男，並不是沒有原因。

基隆的山上飄著淡淡的霧氣，在我看來，那是談戀愛的催化劑，因為這輩子唯一一次最接近自己喜歡的人，就在現在了……

第三十一話　幻想

在山上的時間，過得飛快，在沒有刻意掌控時間的情況下，天已經黑了。阿男收拾起他的照相裝備之後，兩個人就在極佳的心情下，慢步地下山。

我知道阿男只待三天。也就是說，從昨天算是第一天算起，今天是第二天，明天白天就是他離開基隆的時候。

只不過，這樣的緣分，要叫我輕易地放棄，我真的有點捨不得，雖然我對於愛情，已經不再像從前那麼地信任了……

「你肚子會餓嗎？要不要去吃點東西……」我主動地開了口邀約，阿男卻給了我個謎樣的微笑。

「好呀……只不過，我想要先回旅館去洗個澡，妳可以先陪我回去一趟嗎？」

阿男出門之後不但剪了鬍子和頭髮，還揹著這麼重的器材，我想他的確流了不少的汗。

於是，我們兩人，先行回到了「港都旅館」，進了阿男的房間。那是一間不到三坪大小的房間，大概就是放了張床，擺了個小電視，另外就是一大堆阿男的器材和行李。

「不好意思，妳坐，我先洗一下澡……」阿男招呼我坐在了房間的床上之後，便自己進去了浴室，浴室也很小，連可以泡澡的浴缸都沒有，不過我想，對於阿男這種長時間在外面拍照的男人來說，他並不在意這些事情。

我坐在阿男的床上，阿男在浴室裡面開著蓮蓬頭，水聲在房間這端聽得十分清楚，因為旅館簡陋，因此就連阿男在裡面，不小心撞到了蓮蓬頭，或是肥皂滑落到地上，我都可以聽得很清楚。

沒多久，阿男洗好了澡，圍了條浴巾走進房間，從浴室裡面傳出來的香味相當特別，看來，阿男是有隨身攜帶著他慣用的沐浴乳之類的東西……

「好了嗎……要走了嗎……？」我說。

阿男看著我，微微地歪著頭回應。

「妳應該也有流汗吧……要不要也洗個澡……」阿男說得十分自然，只不過，經歷過這幾年感情的我，已經逐漸了解男女之間的密碼。

我甚至可以從這句話，判斷出阿男對女人十分有一套，因為這句話的背後，就意味著，「我們要不要先做個愛再出去吃東西」……

我吞了口口水，一時之間，我竟然動彈不得，也無法回答。但是，我還是下意識地點了點頭。

「好呀……」聽完我的答案之後，阿男彎下腰從他的行李箱裡面，挖出了一條大條毛巾，拿到我的面前。

「這條我沒用過，乾淨的……」我從阿男的手上接過了大毛巾之後，一言不發地走進了浴室。

關起門的時候，我幾乎是躲在門後面，不敢喘氣的。因為我沒有想像過，事情會發展得如此迅速。

我打開了蓮蓬頭，試圖製造點聲音，讓我的思考，不要那麼地安靜。

我回想起今天見面的每個片段，我確定，早在我認出他是阿男的那瞬間，阿男就認定可以和我上床吧……畢竟沒有一個女人，會這麼仔細地記住，生命中那麼短暫片刻碰見的陌生人。

我褪掉衣服之後，任由蓮蓬頭的水，拍打著我的身體，只不過另一方面，幾分鐘前阿男在這浴室內沖洗的味道，竟然就這樣緊緊地包覆在我的四周，充斥在這小小的浴室之內。

十分鐘過去後，我包著浴巾走出了浴室，我預期阿男不會穿上衣服，我預期他依舊只是包裹著剛才那件浴巾，以方便我們之後的進行。

只不過，我錯了。

當我一推開浴室的小門之後，我看見阿男已經穿好了外出的服裝，反而是他看著我包裹著剛才他給我的大毛巾，面露怪色。

「……妳的衣服……應該還在裡面吧……??」阿男笑笑著說。

「……對喔……我怎麼忘了……哈……哈……」我苦笑兩聲之後，尷尬地跑回浴室，暗自嘲笑自己的表錯情，趕緊換上了我原本的運動服，出來與阿男會合。

總算，我們兩人走出了旅館之後，剛才的怪氛圍一掃而空，取而代之的則是基隆晚上帶有涼意的冷空氣。

「哇……好舒服的空氣……我就喜歡這樣冷冷的感覺……」阿男笑著，看起來，他真的是個十分開朗的大男孩。

「你喜歡吃什麼東西呢？基隆最有名的廟口，我帶你去好好地吃一頓如何？」

「好呀……求之不得……」我和阿男就這樣走進了廟口，開心地選著想要吃的攤販，度過了一個美麗的夜晚，我認為，阿男是個理想的好男人，我知道，我的心，自從大學那幾年之後，又再度地心動了……

吃完東西之後，阿男送我回到了我那日據時代遺留下來的老屋子，我們兩人站在了路燈下。

「很感謝妳今天陪我出去拍照，我相信，我已經拍了不少我想要的照片，也謝謝妳晚上帶我吃了那麼多好吃的東西……」阿男說。

「別這麼說，沒想到是同學呀，當然要幫自己的同學……」

「對呀……」阿男的話說到一半，我們彼此看著對方，卻發現，這時候話語似乎變得很多餘，似乎應該要有些動作，才符合現在的氣氛。

阿男看著我，我則是有點不好意思地低著頭，但我知道，我的心跳速度很快，就像是見到了黃克群學長一樣的頻率。

「……我明天回台北了……」好不容易，阿男擠出了這麼一句話。

「嗯……」我當然知道。

「有空……來找我……??」這句話似乎是阿男能說出的好聽話中，最高底線，就是在這之上，也沒有什麼可以說的了。

不過，這已經讓我很滿足了，因為，這表示我和阿男，有繼續發展的可能性……

「我進去了……」在我的話說到一半時，阿男低頭親了我的額頭，我想，那也代表了些什麼吧……

這天晚上，就在這個輕輕的一吻中，結束……

禮拜一的隔天，我依舊和母親到攤販上去工作，川流的客人，以及洗不完的碗筷。沒多久，那位老客人劉叔叔又再度地出現，我殷勤地招呼著。

「劉叔叔，今天要吃什麼呀？」我說。

「不用了……今天是刻意來找妳的呀……我幫妳約了這禮拜天，和那個王先生他家的兒子呀，這禮拜天晚上，吃個晚餐，我會到，王先生和他兒子會到，就看妳媽媽要不要一起來了……」劉叔叔個子胖，說這麼一整串話，已經讓他有點喘不過氣來了。

「這個禮拜天……」我停下了手邊的工作，嘴裡唸著日期。這時候，阿男正從母親的攤販前經過。

「伯母，謝謝這幾天的幫助，我要走了……」阿男雖然是對著母親說話，但是眼睛，卻看向了後方的我。

我的眼前站的雖然是劉叔叔，但是身材不高的他，卻可以讓我直接看到他後方的阿男。

阿男看我正在和客人說話，也不方便叫我，他似乎拿了份東西給了母親之後，便高高地舉起了手，向我揮著。

我知道，他要離開了。我不知道該說些什麼，只能點點頭，點點頭，目送他走遠……母親走了過來，將她從阿男手中拿到的牛皮紙袋交給了我，我緩緩地打開了紙袋，看見了一張照片……

那原本是小孟取鏡的空景裡面，多了一個我站在當中……透過了阿男的鏡頭，這張照片又多了那麼點和小孟拍的照片不同的感受，就像是現代的我，回到了回憶當中，回到了黃克群學長活躍的舞台當中……

我看著照片，心中的感觸又多且雜，一時間，我忘了劉叔叔還站在我的面前……

「那個……心恬呀……妳還沒答覆我呀，我好去向人家回覆一聲……」劉叔叔的聲音把我一下子拖回到了現實，我趕緊將照片放進了牛皮紙袋中，像是下定了決心般，開口回覆劉叔叔。

「不好意思……劉叔叔，我想說還是多陪我媽媽幾年……我還是不要相親好了……不好意思，麻煩您幫我推掉好嗎……」我看著劉叔叔的表情一陣紅，一陣白，雖然感到十分過意不去，但我知道現在的我，已經無法去相親了……

已經無法了……

第三十二話　熟人

劉叔叔在聽完我的回覆之後，一整個禮拜都沒有出現。

我雖然心中很是愧疚，只不過我卻無法違背自己的心意，並且我心裡也清楚，在這之後，我應該，會做些什麼吧……

從禮拜一阿男離開基隆之後，我每天依舊辛勤地幫著母親在攤販上工作，在攤販的衛生設備想當然耳地不會太優，因此所謂的抽油煙機只是種裝飾，即便是戴著手套，我都認為自己的手整天浸在油汙中。簡單形容這時候的自己，整個人就像是一個煮飯婆，有時候不自覺地竟然會想起了信義區豪宅裡面的印傭。

回到基隆這一年來，我幾乎沒有離開過基隆，更不要提回去台北那個繁華的都會，只不過，在又碰到了阿男之後，我的心裡面，起了點騷動。

母親的攤販生意雖然是跟著附近的報關行、上班族來做營業時間的調整，只不過，如果完全都是週休二日，對母親來說，可能有那麼一點過於怠惰的感受，因此母親總是一週休兩天，隔週休一天，也就是說，上禮拜遇到阿男的時候，正是只休息一天的禮拜六，然而這禮拜，則是週休二日了。

禮拜五收攤的時候，母親忽然開口問了我一句。

「……不是本來要去相親嗎？結果怎麼又不去了……」

「……就說了想多陪妳幾年呀……」

「騙人……」母親一邊收拾著桌椅，一邊說著。

「妳拒絕了劉叔叔之後，害劉叔叔都沒有來吃飯了啦……」母親帶點抱怨說。

「怎麼，怪我喔？」

「我只是覺得……如果妳本來就不想，就不要答應人家，如果答應了，至少也要去看看吧……」母親飛快地拿著鐵鍊，綑綁起了攤販的桌椅，熟練地用鎖頭將所有的東西給鎖上。

「……」我則是不知道該如何回答。

也對……就算去相親一下，我也不會怎麼樣，反正也只是多認識了一個男人罷了，我也太憨直了，沒必要拒絕呢……

但，事情都已經說出口了，總沒有必要再去向劉叔叔說，我又想要相親了吧……如果說老媽認為因此少了一個老客人，我以後就加把勁，多幫她找幾個客人就是了……

通常禮拜六的假日，我會睡得很晚。

因為平常時幫母親做這些粗重活，實在是需要耗掉很多體力，只不過，這個週末，我不知怎麼回事，在早上八點就醒了。

說是說不知怎麼回事，但事實上，我心裡很清楚，睡不著的原因在於，我今天有個很想要去的地方。睡不著覺醒過來的我，會將那個阿男交給母親的牛皮紙袋拿出來，然後將裡面的照片取出來，仔細地看。

越看，越害怕。

我人生中的愛情，走到現在為止，每一段，都是那麼陰錯陽差的濫桃花，我不知道這個從小開始的詛咒，會跟著我到什麼時候，我甚至不知道要如何來破解，或許我應該去找個法師，或是和尚之類的，替我作法，又或者是，我得要像電影裡面的「貞子」一樣，去找到這個詛咒的源頭，去替這個詛咒申冤，我才可以得到解脫，才可以重新得到，我心目中的愛情。

然而現實生活中的我，能做的事情就只有一件。那就是不停地追求。

我這輩子遇到了幾段不算好的愛情，既使失敗了、既使錯過了，我還是不灰心地往前追求，我認為，這才是破解詛咒的唯一法則。

因此，禮拜六，我決定，往台北走一趟。

事實上這個決定還是充滿了風險，因為阿男留給我的，是他的攝影棚的名片，也就是說，我能夠去找他的地方，就是攝影棚的地址和電話，在星期六的這天，他會在攝影棚，或是不在攝影棚，我都不能確定，我又怎麼能夠奢望，我可以找到他呢……

但是，我就是有這種不服輸的個性，在那短短幾天的相處，我認定阿男是個君子，是個可以倚賴的男人，他不但不會乘機而入，更有著成熟男人的風味。

我坐在從基隆發往台北的客運上，自己一個人坐在了最後一排的椅子上，不停地想著。我不敢肯定阿男看見我，會出現什麼樣的表情，但我知道，我非常地想要看到阿男，至於我為什麼要去見阿男，我也想到了一個非常蠢的理由。

那就是，我必須為了那張照片，去向阿男道謝。

因為這件事情非常重要……為了加強這個信念，我自己在座位上不停地反覆辯論，這件事情有多重要……??因為有著我小時候的回憶，有著我小時候最好的朋友的回憶，有著小時候我暗戀對象的回憶……因此……很重要……而阿男卻將我拍進了我的回憶當中，這使得我……相當地……十分地……總之……很重要……

我知道，如果腦子中有個旁觀者，在一旁聽著我腦中的辯論，一定會吐血想要死掉，只不過，我就只能如此，只能如此去增強我的信念。

循著名片上的地址，我終究是找到了攝影棚所在的地方。這個位在百貨公司附近、位於二樓的攝影棚，從外面看起來，似乎並沒有想像中的大。

我站在樓下，自己反覆地調整著呼吸，我試著大口大口地吸氣，不料一個不小心，竟然嗆到了自己。在確認自己的儀態什麼的一切都算ＯＫ之後，我踏上了階梯，然而每一個階梯在我走來，竟然都是那麼地吃力。

「冰崩……」我按了電鈴，這攝影棚的門口處，並沒有什麼對講機，因此電鈴響完之後，門就自動地開了，我猜想，是裡面的工作人員舉手之勞開的門吧。

我對於攝影棚並不陌生，畢竟那幾年的工作經驗，也拍了好幾次。

因此我知道在工作時候，走進來一個陌生人其實也不會有什麼人注意，只不過，這一次我估計錯誤了……

當我一走進攝影棚之後，竟然就有人叫起了我的名字。

「Tanya??!!」我一回頭，的確是我認識的人。

小花!!

那個以前在我待的公司裡面的美術編輯。她怎麼會在這邊呢??

然而我另外一個想法立刻湧出來，如果她沒有離職的話，今天這個攝影棚，今天敲下阿男來拍照的公司，應該，就是我的前公司……

果然……另外一場噩夢，就這樣無預警地開場了……

「Tanya……妳怎麼在這邊……」遇到小花是一件還滿令人高興的事情，但是遇到瓊恩就真的會讓我整個人渾身不自在了。

「瓊恩姐……我只是來找這位攝影師而已……」我其實，覺得有點呼吸困難。

「阿男嗎??他正在忙呢……」旁邊有一位剪著小平頭，但可以看得出來是女生的工作人員，回應著我的話。

「在忙呀……」我完全沒有預料到會是這樣的場面，剎那間，我真的找不到話來防禦自己，只能夠一個人站在原地，不知所措地點著頭。

「……離婚之後看來過得不太好呀……髮型衣服的品味都變了……」長期待在基隆的生活，的確讓我對於打扮這件事情，生疏不少，但是被瓊恩提到了「離婚」兩個字，才是真正讓我產生了烏雲蓋頂感覺的主因，我開始後悔，自己幹麼沒事跑來這個地方，好讓人家來羞辱自己呢……

只為了追求自己所謂的真愛嗎……??

就在我的忍耐指數快要到達極限的時候，阿男從拍攝現場走了出來。

「怎麼了？」阿男說。

「這位小姐想要找你……」一旁的平頭女生，傳遞了我的訊息。

「心恬？妳來看我呀……」阿男露出了笑容，這讓我舒適了不少。

「……對呀……不好意思，打擾了你們工作……」我有點想離開。

「沒關係……不過，我現在真的不能陪妳……老婆，妳幫我招呼一下我朋友好嗎……」阿男對著剛才一旁的平頭女生說。

只不過，阿男說的再自然也不過的幾個字，卻讓我幾乎笑不出來。

「不用了……不用招呼我了……我要走了……」我被阿男的那句話，嚇得雙腿有點發軟，甚至自然地往後退了幾步，卻不小心勾到了電線，整個人就這樣活生生地往後摔了一跤。

「Tanya，妳沒事吧……」小花過來想要幫我一把，沒想到我一個沒抓穩，又滑了一跤。這兩下，把攝影棚門口的一些擺飾，都給撞得亂七八糟。

我再也忍受不住自己的難堪，半爬著起身，也不再多說什麼，轉身拉開門就往樓下跑，因為衝勁過猛，差一點從二樓跌到一樓去，還好我抓緊了一旁的把手。好不容易到了一樓的時候，我驚覺，自己身上好幾個地方疼痛不已，想來是剛才跌倒的時候給摔的……

只不過，明明胸口沒去碰撞到，怎麼心頭痛得如此厲害………?!

第三十三話　幸福小吃店

我站在了攝影棚的樓下，整個人，渾身痠痛著，然而，卻漸漸地搞懂了些什麼……

阿男，已經結婚了呀……我竟然沒有想過這個可能性，對呀……我的真愛時間差詛咒，就是會不停地錯過最愛的人，或是和不愛的人相遇，我怎麼，到今天都還搞不懂呢……怎麼都還搞不懂……

我的眼眶紅了，但卻急著想要離開現場，只因為，我很怕樓上的不管是誰走下來，看到我現在這麼狼狽的樣子，都只是會再度地給我傷害。於是我一邊走著，一邊流下了眼淚。我很希望這時候身邊能夠有小孟的陪伴，畢竟，從小到大，似乎也只有她會對我好，也只有她會真心地聽著我講每一段愛情，每一種心情。

只不過，我知道我已經找不到她了……

在失去了婚姻之後，我曾經對於愛情已經心如止水，只因為碰到了這個我曾經暗戀過的男人，讓我心頭的那股衝動，又再度湧出。沒想到，這股熱情持續不到一個禮拜，我又再度地受到了命運的擺佈，再一次地讓我嘗到傷痛。

究竟，要到什麼時候……我很想問，究竟要到什麼時候，我的詛咒，才可以完全解除……

我邊走邊哭，也一邊回想起了阿男的反應。

我的直覺沒有錯。那天在旅館裡面，或者應該說當我認出了阿男之後，他的反應，的確是知道我對他很有好感，因此在旅館的時候，那當下，他應該是有想過可以發生什麼事情，只不過，最後他想到了他的太太，他停止了事情的發展。

我想起了吾川先生。

如果當天是吾川先生的話，我想我們已經發生了關係，也許他還是會搬出那套理論出來，告訴我，太晚遇見了我，我才是真愛之類……

但，阿男沒有這樣做……

只不過，阿男雖然沒有這樣做，但，我竟然寧願他這樣做……我的心，很亂，同樣一件事情，我卻會因為不同的人，給予不同的評價，或者應該是說，我是因為結果，才會給予不同的評價，假如阿男和我做了那件事情之後，和他的老婆離了婚，和我結婚，但是像吾川先生一樣，重複地做出了同樣的事情的話……不過，不會的，阿男不會的，阿男不會這樣做……就因為阿男沒有和我做下不該做的事情，因此我覺得阿男如果真的做了的話，他一定不會像吾川先生一樣，又做了同樣的事情，但……阿男……就是不會做這種事情的人呀……

我的腦子裡面，糾結得有如一棵老樹的樹根般，我竟然找不到，哪邊是頭、哪邊是尾，我人生中關於愛情的事件，每一件都像是無間道一般，不停地輪迴重複……而我，也在不知不覺之間，走失了……

身體上的疼痛依舊，但我卻發現，我不知道自己走到了哪一條巷子裡面，原本還在大馬路上的，卻這樣走著走著，晃進了不知名的巷弄中……

台北這種大都會，最讓我感到進步的地方就在於，不管是大街或者小巷，總是會看見幾家奇特的餐廳，有格調的小店，有風味的咖啡館……

這時候，時間也晚了，約莫九點多的時間，我發現自己從下午開始，並沒有進食過任何的東西，於是我決定走進眼前這家有家庭風味的小館。上面的招牌寫著「幸福小吃店」。

一進到店內，老闆娘已經在收拾桌椅了，只不過看到我的光臨，老闆娘依舊非常熱情地招呼著我。

「歡迎光臨。」

「請問……還有東西吃嗎……？」我問。

「剩的東西不多，妳吃炒年糕嗎？」老闆娘的提問，切中我心。

「我很愛，麻煩妳了……」我印象裡面，很少在台北的餐廳吃到這道料理。

「不會……」老闆娘走進房子後端，大叫著：

「炒年糕一份……」我則是找了個可以看電視的位子坐了下來。老闆娘從後方走出來後，微笑地對著我說：

「不好意思，要等一下唷……」隨後，我看見了一個十幾歲的年輕小夥子從後方走出，幫忙著老闆娘收拾起了桌椅。

這景象，就像是每天我幫忙母親做的事情一樣，我不禁感到一種熟悉感。老闆娘看著我盯著那年輕人看，笑笑地解答我的疑惑。

「不好意思……那是我兒子……在廚房的是我先生……」我點點頭，嘆了口氣。這麼簡單的家庭生活，是老媽，或者是我，一直在追求的，可是老天爺不知道為了什麼，總是不能夠讓我得到，我的心裡面，真的開始思考起來，全台灣最有名的月老廟在什麼地方，我是否應該找一天好好地去祭拜一番。

正當我想得出神之時，老闆娘從廚房裡面端出來了熱騰騰的炒年糕，在一片片的年糕旁邊，還擺了蔬菜以及牛肉片，看起來色香味俱全。

「久等了，妳點的炒年糕……」老闆娘將料理放在我桌上以後，又倒了杯熱茶給我，在我受盡了剛才的委屈之後，這些舉動，讓我真心感到一股溫暖。

然而，更令我驚訝的，是那我吃進口中的炒年糕。

當我用叉子串起一片炒年糕放進口中時，那種美味又油膩的口感，讓我的口中好不舒服，味道透過味蕾直達腦中，甚至勾起了我的記憶。

我一時之間無法形容這是我什麼時候吃過的口感，但我記得，那是很久很久以前，一種在我還沒長記憶之前我就曾經嚐過的滋味。

我一口，接著一口吃，越吃味道越濃，越吃記憶越鮮明，我的眼眶，隨著回憶的復甦而逐漸發熱，我慢慢可以知道，我曾經在什麼時候，嚐過這種味道。

就在我快要吃完整盤年糕的時候，從廚房的地方傳出了一個男人的聲音。

「……沒有客人了吧，我要休息了喔……」聲音由遠至近，接著，我看到了一個頭髮花白的老人，中等身材，臉上，有著和我一樣形狀的眼睛……

我看著他，整個人愣住，停止了我手上的動作，只是動也不動地盯著他看，但我相信，我認得出他來，但是他並無法認得出我是誰……

老人看到了我，露出了對顧客習慣性的笑容，隨後發現我靜止的表情，他也感到了一絲絲的怪異。

但我相信，他這輩子都不會以為，有機會再見到我了……

我勉強著自己，將我口中的年糕給吞下去，試圖做出正常顧客該有的反應。

「……好吃耶……您炒的年糕……口味真特殊……」我的嘴中還嚼著年糕，但我不想放過，和這個男人對話的機會。

「謝謝妳啦……討個生活而已……有空可以常來吃呀……」老人看來一派輕鬆，可以想見，他的生活過得非常開心。

「我是很想常來呀……不過我住得太遠了……」老人這時候轉過身去，幫著老闆娘一起整理起外面的桌椅，不過，他依舊和我對話著。

「這樣呀？住哪裡算太遠呀……」

「我住基隆……」我的話一說出口，我見到了老人的背影，微微地停頓了一下，接著又繼續地幫忙整理著桌椅。

「基隆呀……好地方……哈哈……是有點遠……」老人家看來打算用笑聲敷衍過，不過我又追問：

「老闆有去過基隆嗎？」我說。

「有啦……誰沒有去過基隆……對吧……」老人一直沒有回過頭，不過倒是一直和我對著話。

「我都帶你們去吃過廟口對吧……」老闆這句話，是說給老闆娘和小夥子聽的，想來，老闆一家人的感情，十分融洽。

看著老闆的背影，我竟然無法想起，我和母親和父親一家人曾經去過哪裡的畫面，眼眶裡堅持已久的淚水，忍不住緩緩地流下。

我趁著老闆沒有轉身之時，擦乾了眼淚，放了錢在桌上，就往店門外走去。

「不用找了，謝謝……」我和這家人就此擦身而過，我知道，以後，我也不可能再來到這裡。

但，我知道，爸爸，你過得很好……而且我相信，爸爸是真的遇到了真愛……而不是像吾川先生那般……將真愛當作是變心的藉口……

第三十四話　王家的兒子

回到基隆的老家之後，已經是晚上的十一點左右了。

我顳頊地走回家時，母親還在客廳看著電視，看起來，是在等我回家。

「回來了？」母親眼睛盯著電視。

「嗯……」母親絕對無法想像，我這一天晚上，經歷了多少事情。我拖著沉重的步伐，正打算踏上階梯，上去我那個不到一百五十公分高的房間時，我忽然，很想要問母親幾句話。

「媽，你相信爸說的話嗎？」

「啊？」母親像是沒料到我會忽然提到父親的話題，整個人嚇了一跳。

「我說呀，爸要離開我們的時候說的話……」我一腳踏在了樓梯上。

「……哪一句呀……??」母親沉默了很久，接著冒出了這個問題。

我不禁笑了出來。

「媽，妳都不記得爸說過什麼了嗎……他不是說他是因為找到了真愛，會和妳結婚只是因為先遇到了妳……所以才要離開我們嗎……」我倒是記得非常清楚。

「喔……這個呀……妳說我相不相信嗎……」母親還是看著電視。

「嗯……」

「……真愛是他的……沒有人知道什麼或是誰……才是他的真愛呀……他說了算……妳懂嗎？……哈哈……」母親最後笑了兩聲，讓我有種「她早就釋懷」的感受。然而母親的這幾句話，的確解答了我心中長久以來的困惑。

就像是吾川先生說了算一樣……因此，我何苦在意呢……

那天晚上，我像是把所有的事情都給放棄了，我做了個夢，像條魚一樣，游在基隆的海邊，我自由自在，無入而不自得，像是回到了小時候，每個人，都讓著我……

而或許是我前一天晚上真的太累了，隔天禮拜天，我竟然一路睡到了下午三點多，到我起床梳洗好之後，都已經四點多了。起來之後沒見到母親，我只好自己從冰箱裡面隨便熱了點東西吃，填填肚子。

悠閒地打開電視，我轉著遙控器上的頻道，隨著電視節目裡面的情節嬉笑著。到了五點多的時候，母親忽然急急忙忙地從門外衝回了家。

「去換衣服，快點……」母親滿頭大汗地對我說著。

「換衣服？去哪裡？」

「相親……那個王先生的兒子……」母親的話聽得我一頭霧水。

「那個約……不是取消了嗎？」我不解。

「我剛才去醫院看了劉叔叔……」

「你說那個老主顧劉叔叔……??」

「對……他沒來吃飯不是因為生氣了，是自從那天妳要他推掉今天的約之後，他就出了車禍，一直住在了醫院……」

「所以？」

「所以他到今天都沒有和那個姓王的人家說要取消的事情，剛才他老婆打了電話給我，我才到醫院去看他，他才說了人家現在可能都已經在餐廳等著我們了……」

我聽完簡直目瞪口呆。

又想起了先前母親對我說的話，罷了，就去看看又無妨……於是我趕緊上了二樓，換了套衣服，隨便上了點妝便和母親趕往餐廳去了。

一到現場，母親客氣地和人家寒暄著。

「王先生，不好意思……我們來晚了，這是我女兒……心恬……」母親四處張望著，因為現場除了那位王伯伯之外，我們並沒有看到任何和我年紀相仿的人。

「你們先坐……我兒子去廁所了……就回來了……」王伯伯來過我們攤販吃過一、兩次飯，人很客氣，只不過，我真的有點想要嘲笑自己，搞到最後，真的來了場相親，如果被認識我的人知道了，肯定會被笑破肚皮。

母親坐下來之後，和王伯伯閒聊著，我則是專心地看著菜單。沒多久，我身邊有個人影經過，坐在了我的面前——王伯伯的身邊。

我依舊看著菜單。

「不好意思，這位是我兒子……他姓黃，叫做黃克群……」我記得我看著菜單上的「宮保雞丁」這道菜名的時候，忽然聽到了學長的名字，我的腦袋，就像是被人用鐵鎚給直接敲了下去的感覺。

我緩緩地，緩緩地，將菜單往下移，我終於，看清楚了眼前的這個人，是誰……

不用王伯伯介紹，我自己就可以介紹眼前的這個人——

黃克群。三〇五班。身高一七九公分，體重六十五公斤。除了是學校的排球校隊副隊長之外，他還是學校樂隊裡面的指揮，模擬考成績永遠是全校的前五名以內，他的志願是成為企業家，很特別的是，在國中那幾年的生活當中，因為他的形象太過於端正，據說，他連一封情書都沒有收過。

不過，我的資料可能過舊，因為從國中開始都沒有更新過……

我盯著克群學長看，我相信，他認不出我來……但，他的臉，可是在我這十幾年的生活裡面，未曾消失過……

我知道我的樣子看起來一定很詭異，母親這時候趕緊插了一句話。

「……可是……王先生不是姓王嗎？那這孩子怎麼會是姓『黃』呢……」母親說。

「他隨母姓……因為克群的媽媽很小就過世了，克群堅持自己要隨母姓，我也就隨他了……」王伯伯感嘆地說著。

就當我還在失神的狀態時，克群學長開口了。

「……我們……見過面吧……」這是克群學長這輩子，主動地，對我說的第一句話，不知怎地，我聽完，眼眶一紅，鼻子一酸，眼淚，不聽話地不停地掉著，掉著……母親在一旁不明就裡，趕緊隨便找個理由解釋。

「不好意思，她這兩天可能心情比較激動點……」

而這時候克群學長，更貼心地說了讓我感動的話。

「爸，伯母，讓我們單獨相處，可以的……我們很小的時候就認識了……」我聽著克群學長的話，哭得更凶了……

我不知道我哭了多久，等到我的心情比較平歇之後，我發現，王伯伯和我媽都已經離開了，眼前坐的人，就是我從小最喜歡的男生——黃克群。

「好一點了嗎？」克群學長溫柔地拿了面紙給我。

「嗯……」我總算是恢復了平靜。

「你說我們小時候就認識了……??」我沒聽錯的話，克群學長剛才是這麼說的沒錯。

「不是嗎？」

「什麼時候……」我問。當然，我心裡知道是什麼時候。

「我知道妳記得的是國中畢業前，我幫薛文拿情書給妳……對嗎？」克群學長淡淡地說，卻重重地打中我的心。

「不然還有別的時候嗎？」

「如果我沒記錯的話，小時候，我在賣冰棒的時候，我就見過妳了……」被克群學長這麼一說，我倒是真的記得，我小時候曾經喜歡過賣冰棒的大哥。

「那不會是你吧……」這真的讓我驚訝到。

「不過那不是重點……重點在於……還好我們現在才認識……」克群學長的話，和我想的剛好相反。

我心裡一直在想說，如果我們早就認識的話，那該有多好。

「國三那年，我第一次交了女朋友……」

「我知道，李潔如呀……」我對於克群學長的事情沒有不熟的。

「對……那時候，其實我心裡對妳比較有感覺……只是我當初以為，交女朋友一定要漂亮的……又加上我的同學對妳有興趣……」我第一次聽到克群學長當時對我有興趣，我的整個心，差點沒停止。

「所以說如果那時候我們交往的話……」

「不到三個月就會分手……也是因為這個原因……我和李潔如分手……」我的

記憶，一下子跳到了劉問明這個人身上。

「那如果高中我們就認識呢？」

「當時的我滿腦子只懂得性愛，我認為女朋友就是要做那件事情……因此我高中換了不少女朋友……」

「所以說如果那時候我們交往的話……」

「不到一個月就會分手……」

「那如果我們剛出社會的時候就認識的話……」

「那時候的我只想要賺錢，只想拚事業……因此我認識了許多名媛……」

「所以說如果那時候我們交往的話……」

「那時候的我，根本不可能和妳交往……」

「那是你在數位無限集團的時候……」

「對，後來我認識了某位名媛，我也創了業……只不過，就在要結婚的前一個月，我的公司周轉不靈，只能宣布倒閉……那女人，也就這樣離開了我……」克群學長在描述這些事情的時候，講得輕描淡寫，但我知道，當初的他，一定是受傷很深，並且對人生有了很深的體驗。

「回到基隆後，我在遠遠的地方看到妳在攤子上幫忙……小時候那種看到妳的感覺，又重新回到我心中……所以我拜託父親，希望可以有機會和妳見面……」

「這樣聽起來，你似乎一直在追尋著我……??」我說。

「也許吧……」克群學長輕輕地喝了一口茶之後，接著說。

「換妳說說妳的故事了……」

我笑了起來，非常開懷地笑了起來。

「下次吧……下次我們出來的時候再說……」我決定，要重新編一個故事，可不能讓他知道，我暗戀他這麼多年，就讓他當作，他是一直在追求我的吧……

對，我相信，我們還有很多下次呢……

第三十五話　壞事者與愛情使者

我不太想花太多篇幅描述接下來的事情。

因為，和克群學長在一起之後，世界的顏色，全都變成了粉紅。相親的那天晚上，我們聊天聊到了餐廳關門，我沒有掰出新的故事，只能一五一十地告訴他，我的過去。隔天一早，我們相約到了國中的排球場，我使著我還可以記住的舉球技術，做了幾顆球給克群學長，雖然現在的他，十顆裡面只有一顆會殺中，但克群學長躍在空中的姿態依舊優美，那一瞬間彷彿帶領我們兩人回到了國中時期。

然而真正交往之後，克群學長和我想像中的沒有太多不同。

而我們之間的相處，當然有些小摩擦，但是卻總是會互相體諒而彼此寬容，從相親的那天開始，我們順利地進行了幾個月的交往，內容沒有什麼特別的地方，除了甜蜜無比之外，就只能用幸福快樂的字眼來描述了。

比較特別的事情應該是發生在半年之後，我們兩人到台北看電影的時候。

那一天，我記得天氣很好，華納威秀附近有許多表演的團體，我和克群學長買了最新的電影票之後，正等著時間要進場看戲。

就在克群學長走進洗手間，而我一個人在外面閒晃的時候，迎面而來，我看到了一個美麗的婦人，牽著一個小孩，小孩的手上抓著一條綁著氣球的線，婦人的五官我看起來十分地面熟，等到兩人走近的時候，我才認出來，那是李潔如。

我站在原地看著他們一大一小，李潔如這時候似乎也發現了有人在盯著他們看，她一回過頭眼神正好與我相交。

她依舊美麗。

只不過，這時候的李潔如，和我印象中的李潔如又變了不少，曾經身分是吾川先生的太太時，李潔如看起來是那麼地雍容華貴，就算是來觀察我這個第三者，她講話的優雅，一直都是我忘不了的氣質。

可是現在的她，氣質又不同了。

李潔如的身上穿著不算是名牌的衣服，但她臉上洋溢的喜悅，卻讓我覺得她比之前我看到的任何時候，都要更加美麗動人。

「妳是……心恬……對吧……」李潔如看著我半晌，總算是認出了我來。

我點著頭，微笑著。

李潔如牽著她的小孩，往我的方向走近。

「Tony，叫阿姨……」

「阿姨……」隨著李潔如的指令，小孩聽話地叫了聲。

「好乖喔……」我順手摸了一下小孩的頭。

「來看電影呀……」李潔如問。

「嗯嗯……」我忽然想起，黃克群也曾經和她交往過，一時之間，忽然有點不想讓兩人見到面。

「我們可以找個地方聊一下嗎……」李潔如突如其來的邀約，令我有點驚訝。

「好呀……」

於是我們在旁邊的美食區找了個地方坐了下來，李潔如點了杯聖代，給小孩子吃，小孩也不吵，很乖地坐在一旁。

「這小孩……其實是我和吾川先生的……」李潔如說。

我其實有想到，只不過，並不太想要確認。

「……嗯……」

「我聽說了妳和吾川先生後來也分開了，所以我現在就沒有忌諱地和妳說了……」我現在才知道，原來當初，她是隱瞞了這件事情，好讓我安心地和吾川先生結婚。

「……嗯……沒關係……妳現在……一個人？」我問。

「我又結婚了……」李潔如伸出了手，讓我看到了在她手上閃爍的戒指。這比起當年吾川先生送的戒指，價值可能差了數十倍，只不過，從她的表情中，我可以判斷得出，那是幸福的。

「恭喜妳……太好了……」我也很替她開心。

「我一直在想說，如果有一天遇到妳的話，我一定要和妳說這些話……」李潔如這時候說的話，讓我有點不懂。

「什麼？」

「我要謝謝妳……」

「謝我？謝我做什麼呢？」

「我認為人生中，都有一些貴人……這是我最近才得到的領悟……」

「可是我不是妳的什麼貴人呀……」

「男人做事業上，可能會有很多貴人，提供機會，提供金錢，提供幫助……可是女人要的不是這些……」

「??」我揚眉，並不是十分能夠掌握李潔如想要說的話。

「女人要的只是一份好的感情……因此……我們的貴人，我把她稱為是『愛神』……」李潔如不等我回應，又接著說：

「不見得是給妳好的男人，才算是指引……這一生中有許多方向的指引，並不是實際地給予方向，有些是給妳壞的嘗試，才會讓妳知道好的方向，有些人則是直接取代妳，讓妳繼續往下一個好方向前進……」我大概知道她的意思了。

「就像妳和我之間的關係……」李潔如笑起來更美了。

「每當妳無意間和我的男人交往，就等於逼迫我去找下一個男人，然而對於妳而言，妳不知道的是……每一次被妳取代掉之後，我都覺得，我更接近了真正的幸福……」李潔如的理論，是我從來沒有想像過的。一般人都把第三者當作是壞事者，但是她卻把第三者當作了愛神，藉以讓她自己的愛情，更接近完美的結果。

「妳的心胸太寬大了……」我只能這麼認為。

「不是的……心恬……如果妳轉換成我的這種想法的話，妳會發現，一定有股力量在幫助妳……一定有這樣的人，在扮演著妳的愛神……」

我心裡嘀咕著：我的愛神不要再詛咒我就好了……

我還沒來得及完全體會李潔如的話時，這時候李潔如已經站了起來。

「不好意思，耽擱了妳的時間，我只是想對妳說聲謝謝，因為現在的我，已經找到了這輩子最愛的人了……」李潔如說完話之後，向我鞠了個躬，讓我十分不好意思地也站了起來。

然後，李潔如就牽著小朋友的手，慢慢地離開了我的視線。

「看什麼呀？」冷不防，克群學長拍了一下我的肩。

「你幹麼嚇人啦……」我氣得作勢要打他。

「好啦好啦，我不對，我只是問妳在看什麼呀……」克群學長笑著。我沒有回應他，還在細細咀嚼李潔如話中的意思……

當我望著那消逝在人群中的背影，我自己在心中，默默地說了一句。

「如果我真的是妳的愛神……希望妳今後幸福美滿……」

第三十六話　詛咒的真相

和李潔如聊完之後，我和黃克群進了戲院，雖然演的是大型的災難片，充滿了特效的大場面，但我竟然無心在電影上，甚至還會不停地想起李潔如剛才說的那些話。

「不見得是給妳好的男人，才算是指引……這一生中有許多方向的指引，並不是實際地給予方向，有些是給妳壞的嘗試，才會讓妳知道好的方向，有些人則是直接取代妳，讓妳繼續往下一個好方向前進……」這段話，讓我一直心神不寧，一直到走出了戲院，我都還覺得自己似懂非懂。

「想什麼呀？這麼出神……??」在吃冰淇淋的時候，黃克群伸出手在我面前晃了又晃。

「也沒什麼啦……」我認為，和黃克群說這些似乎沒有什麼幫助。

「那個……心恬……我有件事情想要和妳說……」黃克群一邊吃著冰淇淋，不知怎的，臉上的表情竟然靦腆了起來。

「……有事情……就說呀……」我笑著。

「我打算重新開一間公司……還是從事和以前一樣的東西，數位內容的部分……」

「那不錯呀……」我說。

「妳要不要和我一起做？」

「開公司？」

「對呀……」

「哈哈，我去做什麼職務？」

「妳真的想知道？」

「當然呀……不然勒……我去上班也不知道自己是做什麼的？」

「我想請妳當老闆娘……不知道妳覺得如何……」

「……老闆娘……是什麼意思……」我隱約知道了黃克群說這話背後的涵義，但我不太敢相信。

「……這個給妳……」黃克群從口袋裡面拿出了一個戒盒遞到我的面前，我一來不敢相信，黃克群真的會向我求婚，二來我也不敢相信，他竟然求婚求得這麼草率……

「就這樣……??」但我知道，我的眼眶又紅了……

「不然要怎樣……我這麼高一個人，要我下跪不太好看……」話雖如此，黃克群這時候已經微微地將自己的膝蓋下彎，就差沒碰到地了。

「不要跪啦，我心目中的克群學長不能下跪的……」我趕緊伸手拉住他。

「可是妳又沒和我說答案……」

我這時候，真的是喜極而泣，一把將克群學長的手緊緊抓住，另外一方面，卻半句話也說不出來。

「不要哭啦……妳不回答我，我就當作妳答應我了喃……」克群學長一看到我掉眼淚，趕緊站起來，把我抱在他的懷中。

我哭著點著頭。

「太好了……」

我高興地擦著眼淚，忽然像是想到了什麼似的，提出了質疑。

「你如果真的這麼喜歡我，為什麼當年小孟幫我拿情書給你的時候，你都沒有任何反應？」我邊擦著眼睛，一邊問著。

「小孟？妳說誰呀？」克群學長反而覺得一頭霧水。

「就是你幫薛文學長拿情書給我，可是我叫了我同學小孟，幫我拿情書給你呀……」我有點氣了，黃克群竟然連我給他的情書都不記得。

這時候黃克群微微地將我推開，讓他可以有距離看清楚我的眼睛與臉。

「情書……??我只收過李潔如的情書……我沒有收過別人的呀……」黃克群摸著自己的腦袋，像是在回憶往事般地想著。

果然……小孟是騙我的??!!雖然現在想起來是理所當然，但是當時並不知道小孟有那種傾向……

但，我始終覺得哪裡怪怪的……甚至我的腦子中，出現了其它的念頭……

「我們回家去……」我拉著黃克群火速地搭車回到我基隆的家中，一路上，我一句話不說，卻有著一堆假設，在我腦中閃過。

一回到家裡，我顧不得黃克群，便一個人衝上了二樓，在我的書櫃裡面，翻箱倒櫃地找著，一樓的母親聽到我發出的巨大聲響，也上了樓來看個究竟。

「心恬，在找什麼呀？」

我沒有理會母親的問話，還是不停地翻著自己的瓦楞箱，以及抽屜裡面所有可以擺放書籍的地方。

「找什麼找得這麼急呀……??」母親又問了一次。這時我總算是一邊翻著東西，一邊搭了腔。

「畢業紀念冊……我國中時期的畢業紀念冊……」我著急的。

「那個……放在衣櫃的最上面了……」母親的一句話，讓我停止了動作，連忙踩上了床鋪，總算在衣櫃的最上部，看到了那一本國中時期的畢業紀念冊。

我急忙地翻著內頁，口中唸唸有詞。

「我在三〇三班……小孟在三〇一班……三〇一班……」我火速地翻著三〇一班的大頭照的頁面，來回地看了好幾次，結果令我錯愕。

沒有……沒有小孟的照片……根本沒有小孟的照片……

我為了不錯過任何的可能，我又從三〇一班開始，每一班的照片我都仔細看，一直看到了最後一個班級……

……我們學校，根本就沒有郭小孟這個人……

我回想起了薛文學長第一次和我去吃雪花冰的時候，開口說的話。

「妳很喜歡一個人在欄杆邊看我們練球唷……」

明明，一直都是兩個人……薛文學長會注意我在欄杆處看他們練球的話，應該都會看到我，然而，從頭到尾，都是我和小孟兩個人在那個地方，也就是說，薛文學長根本沒看到小孟……

我開始回想起這一切，每一次我見到小孟的時候，都是我一個人，似乎永遠都沒有人在旁邊和我一起見到過小孟，然後，每一次我會擁有錯過的愛情，都是小孟的關係……

從錯過黃克群開始，到我莫名其妙地搶了李潔如的高中男朋友劉問明，然後是我出社會之後，遇到小孟之後，我就錯過了在那時與黃克群學長見面的機會。接著會認識吾川先生，也是什麼小孟寫的程式……重點是，吾川先生根本就是上了個不知名的網站，那很有可能根本不是人類所設立的網站……然後就是阿男看了所謂的小孟的部落格之後，來到基隆，與我相識……

這一切時間差的經過，全部都是小孟的傑作，包括了讓我在台北的巷子裡面，遇到了我的父親……

「愛情本無法　真愛如曇花　是罰不是罰　一生時間差」

當年我問的問題，愛神無法回答，於是他透過了一輩子的時間，讓我了解父親的選擇，甚至讓我達成心願。

我對小孟說的心願，那一句我對愛情許下的第一個承諾就是——「我想要……和學長……永遠在一起……」為了達成我的心願，為了讓我體諒父親，小孟一次又一次地錯開了我和學長相遇的時機點，只為了，我最早說的這句話……

只因為，不管我在之前的哪段時間，和學長交往的話，結果一定是分手作收……無法……永遠在一起……

為了證實我的想法，我又急忙地打開了電腦，叫出了我的msn，這才發現，那個我不曾刪除的小孟的帳號，根本沒有存在過，所有我曾經和她通話過的記錄，也都是空白。

我接著拿出手機，叫出了通訊錄，裡面沒有一個叫做小孟的聯絡人……

我想起了李潔如對我說的那些話……或許，她是對的……愛神一直都在……一直都在用不同的方法，在幫助我們，找到真愛……

後記

一本書，一本小說，可以帶給讀者多少心境上的轉變，我常在思考這樣的問題。

因為融入劇情而使得自己跟隨著角色心情的變化，經歷一段段平常生活不可能體驗的經歷??或是說站在旁觀者的立場，相信書中人物的遭遇而投射出自己的真實感情??

當然上述的情況都有可能，我自己則是嘗試利用不同的視點，去讓讀者看看，換個角度看愛情，會否更加輕鬆??

如果說，人的一生，所有的遭遇，都只為了在成就最後一段愛情，那麼之前遇到的難題、之前遇到的愛情煩惱，是否都可以解釋成為一種試煉、一種琢磨。

如果說，兩個原本不適合的人，卻只因為「愛」，而想要終身相守的話，是否在結合之前，需要將兩個不適合的個體，各自地磨去稜角。那麼，在遇到最終真愛之前的那些愛情上的伴侶，不管是經過了喜怒哀樂，是否都可以將他們視為是追求真愛道路上的師傅。

我認為，只要這樣想的話，不管是現在離妳而去的前男友，看起來也不會那麼糟，因為他就是在幫助妳成就下一段更美的感情，而就算是有所謂的第三者，看起來也不是那麼糟，因為她取代掉了妳，和現在這個不適合妳的男人在一起。

如果以RPG的角色扮演遊戲來說，這些角色，都是幫助妳Clear、幫助妳過關，然後進階到下一個關卡的夥伴。

只不過，如果自己不相信，自己會進入到最後關卡的話，就算這一關有其他角色的幫助，而通過了，妳也會在原地踏步，無法往前一步。

以這本書的概念來說，這些夥伴，都是妳的愛神。

我相信，愛神無所不在。

書裡面的愛神自己設計了一套程式，在這套程式當中，如果輸入了兩個人的名字，程式就會判斷出，這兩個人的中途，需要各自去經歷什麼樣的對象，最終，才會有機會和對方在一起，直到最後。

我知道，這是帶點童話式的想法，只不過，在這個功利主義的社會中，似乎也只有愛情這件事情，可以讓我們這麼義無反顧，願意相信童話的存在。

妳說，是吧……

因此，現在看完這本書的妳，不用再去想那個放棄妳的前男友、前夫、前男人（性別相反亦然），不用再去恨那個介入妳愛情的第三者、狐狸精、潑婦（性別相反亦然），只需要鼓起勇氣，準備迎接更靠近自己一步的真愛。因為，最終關卡，就在眼前了……

VFE 0025

我的第一任

作　者—H
責任編輯—張燕宜
編輯協力—張立雯
封面設計—JV HUANG

發 行 人—趙政岷
出 版 者—時報文化出版企業股份有限公司
一〇八〇三臺北市和平西路三段二四〇號五樓
發行專線—（〇二）二三〇六六八四二
讀者服務專線—〇八〇〇二三一七〇五
（〇二）二三〇四七一〇三
讀者服務傳真—（〇二）二三〇四六八五八
郵撥—一九三四四七二四　時報文化出版公司
信箱—臺北郵政七九～九九信箱

時報悅讀網—http://www.readingtimes.com.tw
法律顧問—理律法律事務所　陳長文律師、李念祖律師
印　刷—勁達印刷有限公司
初版一刷—二〇一九年五月十七日
定　價—新臺幣三六〇元

時報文化出版公司成立於一九七五年，
並於一九九九年股票上櫃公開發行，於二〇〇八年脫離中時集團非屬旺中，
以「尊重智慧與創意的文化事業」為信念。

我的第一任 / H作. -- 初版. -- 臺北市：時報文化, 2019.05
面；　公分

ISBN 978-957-13-7812-1（平裝）

857.63　　108006988

ISBN 978-957-13-7812-1
Printed in Taiwan